LA

Du même auteur,
Dans la même collection :

BLEU SANG
NOIR ROMAN
ROUGE SOMBRE

VIVIANE MOORE

BLANC CHEMIN

LIBRAIRIE DES CHAMPS-ÉLYSÉES

Le chemin de Saint-Jacques au XIIe siècle

À Denis, ce blanc chemin qui,
par-delà les montagnes, mène aux étoiles.

Prologue

Cela faisait déjà un moment que Galeran de Lesneven avait l'impression d'être suivi. Il s'enfonça plus avant dans la ruelle déserte et le frôlement se rapprocha.

Derrière lui, venait quelque chose qui se glissait le long des murs et dont le pas léger faisait à peine crisser la neige gelée.

Quand il se retourna, elle était là, immobile, appuyée contre un pan de mur lépreux.

Il leva son flambeau pour la mieux voir. C'était une vieille femme, une très vieille femme, enveloppée d'un mantel informe, souillé de taches sombres.

Le chevalier revint sur ses pas et sa torche éclaira un visage de Mauresque aux pommettes saillantes, aux yeux sombres cernés de khôl.

– Que me veux-tu, la femme ? demanda Galeran. Pourquoi me suis-tu ?

La vieille ne répondit pas. Elle lui prit simplement la main, la tenant serrée entre ses doigts décharnés ; puis elle s'approcha à le toucher, le fixant de ses prunelles de gerfaut.

Enfin, sans mot dire, elle posa un index tremblant sur la longue cicatrice qui creusait le front du chevalier.

– C'est toi ! C'est ainsi que je t'ai vu ! lâcha-t-elle enfin d'une voix rauque.

– Où nous sommes-nous déjà vus ? Ici à Vézelay ? Et d'abord d'où viens-tu ?

– J'ai dit que je t'avais vu, point que toi tu m'avais vue, rétorqua la femme. (Une grimace déforma un instant sa bouche édentée.) Quant au pays d'où je viens, c'est peut-être la lointaine Damas... ou l'Égypte, je ne sais plus... Je suis si vieille et j'ai vécu tant de vies, tant de si longues et cruelles vies.

– Depuis quand n'as-tu mangé ? dit le chevalier en la voyant frissonner sous ses hardes. Tu me parais bien défaite et il fait si froid. Je vais te conduire à une taverne où on te servira de la soupe et du pain...

– Tu me prends donc pour une pauvresse ! s'écria la vieille en redressant sa maigre silhouette, je suis fille de roi et n'ai besoin de rien.

Galeran retira brusquement sa main.

– Alors, il me faut te laisser...

– Écoute-moi ! cria-t-elle en l'agrippant avec une force étonnante. Écoute-moi ! Je t'ai vu, je te l'ai dit. Tu marchais sur un blanc chemin et les étoiles dans le ciel étaient tachées de sang... Des jeunes gens venaient vers toi et quand tu les voulais toucher, ils se mouraient, et tu n'y pouvais rien.

– Que me contes-tu là, la vieille ? murmura le chevalier en se dégageant.

Les yeux de la femme se révulsèrent et elle continua d'une voix aiguë, qui ne semblait plus même lui appartenir :

– La mort est près de toi. Je vois un homme de ta mesnie. Il est en grand danger...

À cette phrase, les traits du chevalier s'assombrirent. La vieille haletait :

– Ton ennemi est là, il marche près de toi... Son bras se lève et il frappe... Il a soif du sang des hommes ! Ah, tout ce sang !

La femme sembla brutalement revenir à elle.

Malgré le froid, elle ruisselait d'une sueur âcre. Elle recula, s'essuya le front d'une main hésitante :

– Prends garde à toi, chevalier. Prends garde... Un chemin d'étoiles couvert de sang, souviens-toi !

Sa voix peu à peu s'éteignit et, tout à coup, il ne la vit plus.

Il était à nouveau seul sous la neige qui recommençait à tomber avec violence.

PREMIÈRE PARTIE

« E ultreia
E sus eia
Deus aia nos ! »

[Et outre. Et sus. Dieu nous aide !]

Cantique de marche

1

Les montagnes avaient succédé aux montagnes, les rivières aux torrents, et ils marchaient toujours, de la neige à mi-chausses, quand le vieil homme leva la main, leur faisant signe d'arrêter.

Les deux femmes se figèrent aussitôt et Bruna se demanda ce qui avait pu alerter le vieux. Elle tendit l'oreille et l'appel étouffé d'une cloche la tranquillisa ; ils approchaient d'un lieu habité, peut-être même, espéra-t-elle, de la cité de la Vierge.

Cela faisait maintenant plus d'une semaine qu'ils étaient partis de la vallée du Falgoux pour rejoindre Le Puy Sainte-Marie. Plus de dix jours qu'ils bravaient le froid glacial de ce mois de mars 1146 pour être à temps à la messe de Pâques et au départ des pèlerins de Saint-Jacques-de-Compostelle.

Leur guide, un vieux berger du domaine, les avait menées par les crêtes, évitant avec habileté les voies où sévissaient de féroces bandes armées.

La nuit, ils dormaient dans des burons ou des jasseries, ces abris que les montagnards désertaient pendant la saison froide.

Enfin, ils étaient arrivés à la ville forte de Saint-Flour,

et le berger avait accepté qu'elles s'arrêtent à l'hôtellerie du monastère pour y reprendre quelque force après cette rude course en montagne.

Et puis, il avait fallu repartir et traverser les gorges de l'Allier. Le vieux connaissait Le Puy Sainte-Marie et savait pouvoir traverser les eaux tumultueuses au pont de Lavoûte-Chilhac. Bruna paya leur passage et, après une dernière halte dans une grange isolée, ils repartirent, se gardant à nouveau d'emprunter les routes.

À aucun moment, pendant ces longs jours de marche, la neige n'avait cessé de tomber. Tout était si blanc que Bruna en avait perdu la notion du temps et ne savait trop où elle était.

Ce matin-là enfin, la tempête se calma et un faible rayon de soleil filtra à travers le gris plombé des nuages. En observant la hauteur du soleil, Bruna songea qu'il ne devait pas être loin de l'heure de sexte et elle sentit la faim lui ronger les entrailles. Le vieux les avait rudement menées et ils n'avaient guère mangé que pain et fromage, évitant même de faire du feu pour ne pas attirer l'attention des routiers.

2

Le berger s'avança et, laissant tomber leurs sacoches sur le sol, tendit son grand bâton ferré vers trois lointaines épines rocheuses environnées de nuages.

– Le Puy Sainte-Marie, dit-il dans ce patois guttural qui était celui des montagnards de chez eux. Vous n'êtes plus qu'à une lieue. À Dieu mes dames, qu'Il vous garde !

– Mais tu pars ? s'insurgea Bruna en le voyant tourner les talons. Et si ce n'était pas Le Puy ?

L'homme se retourna, une expression butée sur son visage ridé :

– Moi, je sais. C'est la cité à la Vierge. Qu'Elle te protège la Farouche et la dame avec toi. Je ne descends pas, je rentre chez nous, répliqua-t-il.

Bruna n'insista pas, elle savait qu'il avait la tête plus dure que les rochers d'Angouran. Elle le regarda s'éloigner jusqu'à ce qu'il disparaisse derrière le rideau des arbres. Son cœur se serra un peu. Il était le dernier maillon qui les reliait encore au pays. Elles étaient seules maintenant.

« Comme c'est étrange, songea-t-elle, voilà bien dix jours que nous sommes parties, que nous avons quitté nos terres et nos clochers et je me sens étrangère à tout, je suis déjà une pérégrine. Maintenant, c'est moi qui dois mener ma dame vers la lointaine Galice. Moi, Bruna la Farouche. Moi qui n'ai jamais connu que notre vallon et notre ciel. »

Bruna était une belle fille comme on les aime dans ces montagnes, où jadis une horde de Huns blancs s'était fixée et avait fait souche.

Sa peau dorée, ses longs cheveux noirs et lisses, ses yeux en amande, son visage grave qui devenait presque enfantin quand elle souriait, tout cela trahissait ses origines mongoles.

Agile comme un cabri, dure à la tâche, il en fallait beaucoup pour intimider la Farouche. Elle affermit sa prise sur son grand bâton et se baissa pour ramasser les sacoches de cuir qu'elle jeta sur son épaule. Puis elle coula un regard vers sa silencieuse compagne de route. Celle-ci n'avait pas bougé, serrée dans son mantel de voyage, le visage dissimulé par une sorte de mantille noire sous sa capuche rabattue.

« Est-elle seulement là ? » soupira Bruna en lui posant avec douceur la main sur l'épaule.

Et elles repartirent, faisant craquer la neige sous leurs bottes.

C'est alors que les dernières brumes se levèrent et la Farouche s'arrêta, émerveillée. Ce qui n'était que vagues formes dans le brouillard était maintenant la plus vaste cité qu'elle ait jamais vue.

– Dieu que c'est beau et que le monde est grand, on dirait qu'il touche le ciel ! Regardez ma dame ! s'écria Bruna en se tournant vers sa compagne qui semblait ne rien voir.

Dominant la plaine et les bois environnants, gardée par des pitons rocheux, aigus comme dents de loup, se dressait la cité de la Vierge.

Enroulée au pied de sa cathédrale, elle était construite sur une table rocheuse, ses toits étaient blancs de neige et des oriflammes de couleurs vives flottaient sur ses remparts.

Un rayon de soleil fit soudain scintiller le dôme de Notre-Dame et Bruna vit dans cet éclat inattendu un présage favorable. Elles étaient arrivées saines et sauves et iraient, si Dieu le voulait, jusqu'à Compostelle, ce lieu que lui avait décrit son seigneur.

3

À l'approche de la grand-messe et malgré le temps exécrable, la chaussée cavalière était encombrée et les deux femmes s'étaient trouvées entraînées par le flot immense des pèlerins, marchands, bateleurs et paysans qui se dirigeait vers l'enceinte fortifiée.

Plus on s'en approchait et plus la presse était grande. Des troubadours, reconnaissables à leurs vielles et à leurs rebecs, les accompagnaient. Le Puy était célèbre pour ses tournois poétiques, et les « trouveurs » étaient nombreux à s'affronter pour remporter l'épervier vivant, signe de suprématie.

Dans la cohue, il n'était point que du petit peuple et Bruna vit passer devant elle des hauts personnages qui caracolaient sur leurs chevaux. Étourdie par le son des cloches, les vociférations, les hennissements des destriers, les abois des chiens, elle tenait fermement le bras de sa compagne tout en dévorant des yeux ce monde nouveau.

Elle n'avait jamais vu tant de beaux atours. Les bliauds des chevaliers étaient doublés d'hermine et de petit-gris, les palefrois portaient des robes cousues de fils d'or et d'argent et même les bourgeois avaient des vêtements doublés de belle fourrure. Et ce n'était ni du chat ni du mouton ! estima la petite.

Quant aux portes de la ville, elles étaient noires comme l'Enfer, plus hautes que le plus haut chêne du Falgoux et cloutées comme des broignes de paladins !

Tirées, poussées sans bien savoir comment, les deux femmes se trouvèrent à l'intérieur de l'enceinte, entraînées vers la place du Plot où la foule se pressait devant un pilori.

Bruna avait entendu parler de ces grandes roues qui servaient à attacher les larrons, les livrant à la vindicte publique, mais elle n'en avait jamais vu. Par chez elle il n'y avait guère de voleurs, et c'était normal puisqu'il n'y avait rien à voler.

Un détachement d'hommes d'armes venait d'arriver et ligotait un homme aux montants de bois. Au début, le maraud hurla et se débattit puis il se calma et resta immobile sous les injures et les quolibets de la foule.

Sur un signe de leur sergent, les hommes d'armes s'éloignèrent, laissant juste un planton pour surveiller le malheureux.

Bruna serra nerveusement les poings, mettant la main à la garde de son coutel, se demandant ce qui allait se passer.

Les badauds se rapprochèrent lentement, formant un large cercle autour du pilori. Un gamin s'avança et lança un œuf pourri qui alla s'écraser sur le corps allongé. Un bourgeois s'approcha, faisant s'écarter les gosses d'un geste de manche, et cracha un long jet de salive à la face du voleur. L'homme se crispa, tirant sur ses liens, mais n'osant maudire ses bourreaux.

Les femmes encourageaient de la voix et du geste. Des projectiles volaient. Des rires fusaient. Le planton s'interposa seulement quand un gamin voulut saisir une grosse pierre.

– Mais qu'a-t-il fait ? demanda Bruna à l'un de ses voisins, un gros homme qui riait à s'en faire éclater la panse.

– Baste, j'en sais trop rien la belle, il a dû voler un bourgeois. Le dernier, c'est moi qui l'avais amené, il m'avait pris de la viande à l'étal.

– Mais pourquoi ne pas simplement lui donner une bonne correction ?

L'homme la dévisagea comme si sa question était stupide puis se détourna sans répondre.

Bruna songea que par chez elle, on n'eût pas fait ainsi. L'homme aurait été fouetté et chassé du hameau.

Humilier semblait un plaisir de la ville. Un plaisir qu'elle ne comprenait guère. Les hurlements de joie et les rires redoublèrent et Bruna se détourna, regrettant déjà ses montagnes.

Elle se sentait étouffer et réalisa à quel point cette ville, si belle vue de loin, était en réalité sombre et tortueuse avec ses maisons serrées les unes contre les autres, cette neige sale et piétinée… et même ce ciel qui paraissait soudain bien étroit, comme si murs et toits le tenaient prisonnier.

Non loin du pilori, des marchands avaient ressorti leurs tréteaux. Il y avait des étals partout, couverts d'épices aux couleurs vives, de mantels, de pâtisseries, de bijoux, de tissus chatoyants…

Tout d'un coup, la foule reflua précipitamment, laissant passer une petite troupe de cavaliers qui se dirigeait vers la cathédrale. La bousculade était telle sur la place que Bruna faillit perdre de vue sa compagne. Elle la rattrapa de justesse par son mantel et l'entraîna sous un porche.

La jeune femme souffla. Elle avait besoin de réfléchir : tout ce monde lui tournait la tête et l'inquiétait. Il lui fallait vite trouver l'Hostellerie de Saint-Jacques, rue Rochetaillade, où le seigneur d'Apchon avait dû leur retenir le gîte et le couvert.

Le dos appuyé contre un mur suintant, un jeune homme observait les deux femmes depuis un bon moment. Il était pauvrement vêtu mais sa mise était propre et il n'avait pas mauvaise figure. Enfin, il se décida et alla se planter devant Bruna, lui disant avec simplicité :

– Le bonjour, la damoiselle, tu cherches un guide ? Moi, j'ai faim. On fait affaire ?

La jeune femme examina l'allure efflanquée du jeune gars et lui trouva le regard franc.

– Oui-da. Tu me regardes depuis longtemps ? Ça se voit tant que ça que nous ne sommes pas des Ponots ?

– Ça pour sûr, dit le gars avec un large sourire. Et c'est pas une injure, damoiselle.

Pour la première fois depuis qu'elle était en ville, Bruna sourit :

– Ça va, le gars, on tope, je t'achète un morceau de fouasse si tu nous conduis à notre auberge, rue Rochetaillade.

Le jeune homme tapa sur la paume tendue.

– Viens, il faut monter. En passant par là, on va tomber dans la rue des Saulniers. On est pas loin de ta rue, dit-il en disparaissant dans une ruelle que Bruna n'avait pas même remarquée tant elle était étroite.

Le passage était cerné de murs aveugles et le soleil n'y devait jamais pénétrer, l'air y était aussi froid que dans une grotte et plus fétide que dans une fosse à purin.

Bruna hésita un court instant avant de sortir son coutel de sous sa cape et de se glisser le long des murs ruisselant d'humidité, sa compagne derrière elle. Le garçon l'attendait, un sourire moqueur au coin des lèvres.

– T'as pas besoin de ça avec moi, la fille, dit-il en montrant le coutel. Cache-le. Même si je suis pas de chez toi, je suis droit.

La jeune femme hocha la tête et remit son coutel à l'étui.

– Va, on te suit, dit-elle d'un ton bourru.

Ça grimpait dur dans ce coin-là et la rue Rochetaillade était pentue et glissante comme un pré à moutons.

Le gars lui montra une bâtisse aux murs épais et à la porte de chêne cloutée. Au-dessus d'eux, pendait une grossière enseigne en bois sculpté représentant une coquille Saint-Jacques.

– C'est là.

Bruna regarda l'endroit avec appréhension. Dans cette ville, tout avait l'air d'une chausse-trappe.

– C'est comment là ? dit-elle. C'est bien pour nous ?

Le jeune homme lui jeta un rapide coup d'œil :

– Tu gardes ton coutel et tu ne fais confiance à personne et c'est bien pour toi. Il n'y a pas mieux pour le couvert. Pour elle, dit-il en levant le menton vers la silhouette immobile et silencieuse à leurs côtés, j'sais pas. C'est une simple ?

– Que non pas, c'est ma maîtresse.

– T'as pourtant pas l'air d'avoir besoin de maître, rétorqua le gars avec aplomb. D'où tu viens, la fille ?

– D'après Saint-Flour, au pied des monts d'Auvergne, répondit Bruna.

– C'est loin et c'est dur par là, dit gravement le jeune gaillard. Ici aussi, c'est dur, mais c'est pas pareil. Faut faire attention, les gens y sont pas si droits que par chez toi et on les voit pas venir.

– Je comprends, dit Bruna. Écoute, je mets ma dame ici dans sa chambre et je repars avec toi à la cathédrale. Si tu m'attends, je t'achèterai un peu de fourme pour mettre sur ta fouasse.

– Oh alors, pour sûr que je t'attends, rétorqua le gars avec un sourire ravi. Cela fait belle lurette que je n'ai mangé le pain et le fromage en même temps !

La jeune montagnarde sourit et, saisissant la main de sa compagne, poussa bravement la porte de la taverne.

4

Une fois la porte ouverte, Bruna cligna des yeux, n'y voyant pas grand-chose. La salle de l'auberge était sombre et tiède comme une étable. Elle sentait la graisse, la sueur et le vin éventé. Autour des longues tables encombrées de pots et de plats sales, des rires sonores et des plaisanteries fusaient.

De hautes torches étaient fichées dans les murs et sur un brasero était posée une marmite fumante.

Quand elle fut habituée à la pénombre, Bruna rejeta les pans de son pluvial sur ses épaules et installa sa compagne sur un banc près de la porte.

– Ne bougez pas jusqu'à mon retour, ma dame. Je vais quérir l'hôtelier pour lui mander après notre chambre.

La femme, tête baissée, ne broncha pas. Bruna haussa les épaules et se détourna. L'endroit n'avait point l'air dangereux et les convives trop occupés à se goinfrer pour prêter attention aux deux arrivantes.

Avisant une servante qui apportait des pots de vin brûlant, Bruna s'avança au milieu de la salle.

– Ma bonne femme, dites-moi où est le tavernier, je vous prie. Nous arrivons de loin et devons avoir gîte et couvert retenus.

– Oh, ça m'étonnerait ! Tout est plein ici, même les écuries ! Mais bougez pas, ma petite, j'vas le chercher quand même, rétorqua la vieille en voyant l'air déconfit de Bruna.

Malgré son âge, la servante était encore leste et, soulevant ses jupons, elle grimpa par une échelle jusqu'à une trappe menant à l'étage.

Là se trouvaient un dortoir commun et deux chambres dont l'une était celle du tavernier.

La vieille y courut sans hésiter et appuya son oreille contre le battant.

Elle entendit force gémissements. Le maître était bien là et pas tout seul. Elle frappa de grands coups auxquels répondit une bordée de jurons.

La vieille sourit, pour une fois ce n'était pas elle qu'il besognait. Il avait dû jeter la petite nouvelle sur sa paillasse. Pour ce gros-là, tout était bon, du moment que ça portait jupons et que ça criait sous lui.

– Qui est là ? gronda une voix éraillée.

– C'est moi, la vieille ! Y'a du monde pour vous, maître Guiraut !

L'aubergiste ouvrit le battant d'un grand geste ; il avait le visage empourpré et en sueur, la chainse ouverte :

– Du monde ! Du monde ! Morbleu, j'en ai rien à faire du monde ! On est complet. Tu vois pas que tu déranges ?

– Deux jeunes dames attendent après vous dans la salle basse, rétorqua la vieille sans se démonter, pas fâchée d'interrompre les ébats de ce maître qu'elle ne portait pas dans son cœur.

– Deux jeunes dames, dis-tu ? répéta l'autre, soudain intéressé.

– Oui, maître, des dames comme il faut. Elles prétendent qu'elles ont une chambre louée ici.

L'homme fronça les sourcils et se rajusta, nouant une large ceinture autour de son énorme panse. Il s'écarta pour laisser passer une gamine maigrelette dont la chainse déchirée laissait voir une peau blafarde et des os saillants.

– Allez ouste, la Berthe, sors de là et qu'ça saute ! dit-il en appliquant une grande tape sur la croupe de la petite qui alla s'étaler dans le couloir.

– Allons-y voir, la vieille !

À peine descendu de l'échelle, il repéra la silhouette encapuchonnée de Bruna et celle de sa compagne près de la porte.

Il salua la jeune femme d'un ton qui se voulait affable :

– Bien le bonjour, c'est quoi pour votre service, la belle ?

– Je ne suis pas la belle, tavernier, mais la Farouche. Nous venons de la part du sieur d'Apchon, qui nous a retenu gîte et couvert en ta maison.

Tout en essayant d'apercevoir le visage caché par la capuche, le tenancier rétorqua en se grattant le menton :

– Mais c'est que tout est plein. Même si je voulais, je ne pourrais vous loger.

Bruna fit celle qui n'avait pas entendu et le questionna d'un ton peu amène :

– Le sieur d'Apchon tu le connais pas, l'aubergiste ?

– Oui-da. Je le connais, hésita l'autre.

– Tout le monde sait qu'il n'a pas le caractère patient. Mais sais-tu qu'il n'y a pas si longtemps, c'était à la Noël, un de ses vassaux s'est moqué de son cheval ? Pauvre homme, il n'avait pas fini de rire qu'il avait déjà le coutel de mon maître enfoncé dans la gorge. Et c'était un de ses amis, alors toi !

L'homme demeura coi. Bruna le questionna à nouveau :

– Et maintenant, que me disais-tu au sujet de notre gîte ?

L'aubergiste hochait la tête et ne disait mot, réfléchissant à ce qu'il pouvait faire. Il avait loué la chambre à deux autres pèlerins pensant se mettre deux fois l'argent dans la poche.

– Est-ce que le seigneur d'Apchon t'a demandé de nous loger, oui ou non ? s'impatienta la Farouche.

– Oui-da, il l'a fait.

– A-t-il payé, oui ou non ?

– Oui.

– Alors conduis-nous de suite, ma maîtresse est fatiguée.

– Eh bien, il vous faut attendre un peu, car j'ai pensé qu'il vous serait agréable de loger en ma chambrée, c'est la plus confortable. En attendant qu'on y mette une seconde paillasse, je vais vous faire porter du vin chaud, grommela l'aubergiste.

– Voilà qui est mieux, dit Bruna, avec un mince sourire.

5

Malgré l'heure tardive, la cathédrale Notre-Dame du Puy était encore emplie de fidèles.

La lumière du soleil avait déserté les hautes verrières, laissant la place au faible éclairage des lampes à huile.

Un vieux prêtre, qui se hâtait vers la sacristie, s'agenouilla à l'abri de la foule, à quelque distance du maître-autel. Un haut pilier le protégeait des regards et, son front touchant le sol, les paumes bien à plat de chaque côté de sa tête, il priait avec ferveur.

Sans bruit, une ombre se plaça derrière lui et une voix douce s'éleva, le faisant sursauter :

– Je dois me confesser à vous.

– Mais…

– Je le dois, c'est ainsi et c'est votre devoir que de m'écouter.

Le prêtre voulut se tourner vers son interlocuteur mais la voix claqua à ses oreilles comme une menace :

– Relevez-vous et ne vous retournez pas ! Je vous parlerai à l'oreille. Point n'est besoin toujours de se confesser en public, notre Seigneur admet la confession faite ainsi, n'est-ce pas ?

Le prêtre inclina la tête et obéit :

– Vous avez raison. Je vous écoute, mon fils.

– Ne dites jamais ça ! gronda la voix.

– Qu'ai-je dit ?

– Ne dites pas : mon fils !

Le vieil homme avala sa salive et murmura :

– Mais alors, comment faut-il donc vous appeler ?

– Point de nom, vieil homme, point de nom.

La voix s'était tue. Le prêtre n'osait se retourner, il sentait le souffle chaud de l'homme sur son cou et joignit docilement les mains.

– Voilà, reprit le pèlerin, j'ai besoin que vous me confirmiez ce qu'on m'a appris.

– De quoi s'agit-il ?

– D'après les Textes, il y a grande différence entre

le péché commis sciemment et celui que l'on fait par ignorance.

– Cela est vrai, dit le prêtre en se demandant avec inquiétude où l'homme voulait en venir.

– On m'a dit aussi, qu'un péché qu'on n'aurait jamais pu commettre, si on en avait su l'énormité, n'est que véniel, car il a été commis par ignorance.

– Oui, cela aussi est vrai.

– J'ai été ignorant et le remords me poursuit. Je voudrais confesser mes fautes et suis prêt à accepter toutes pénitences que vous me donnerez.

– Bien, je vous écoute, dit le vieux religieux, un peu rassuré par cette soudaine humilité.

L'homme parut se recueillir puis il déclara d'une voix lointaine, comme s'il évoquait un passé qui ne le concernait plus :

– D'aussi loin que je me souvienne, j'ai toujours haï… J'ai haï tout le monde, à commencer par mon père. Cet homme aux muscles épais et au poil plus dru que celui d'un sanglier, cet homme qui me battait comme un chien. Le jour de mes 16 ans, il m'a voulu fouetter et je lui ai enfoncé son coutel dans le ventre. J'ai tourné, tourné, ainsi qu'il me l'avait appris. La panse lui est sortie de sur les pieds. C'était mon premier meurtre et le plus difficile de tous. Après, j'ai eu peur que quelqu'un ne surgisse et je me suis enfui…

– Votre péché d'ignorance, c'est le meurtre de votre père ! s'écria le prêtre.

– Taisez-vous, je n'ai pas fini ! Il est mort, disais-je, mais il restait ma mère. Une clostrière, une putain qui faisait la belle devant tous, même devant moi. Je l'ai surprise avec un bourgeois, deux semaines après l'enterrement de mon père… et je les ai tués au lit, plantés tous les deux comme des chauve-souris sur une porte, une longue javeline pour chacun ! Quand j'ai tué son amant, ma mère n'a pas osé bouger. Elle croyait sans doute que j'allais l'épargner, la bougresse ! Même morte, on ne savait trop si c'était l'étonnement ou la douleur qui lui faisaient les traits si vilains !

– Vous avez tué vos parents, hoqueta le vieil homme, et vous me parlez de péché véniel ?

– Mais oui, à ce moment-là, j'étais ignorant et n'allais pas même à la messe. Je ne savais l'existence du Malin, ni celle de l'Enfer.

Le prêtre se sentait de plus en plus mal ; l'autre reprit d'une voix âpre :

– J'ai commencé à me méfier de tout, à voir l'Ennemi même dans les figures de ces jouvenceaux qui me faisaient les yeux doux… Mais je n'ai forcé personne. Toujours, ils me venaient chercher, posant leur main sur mon épaule, se frottant à moi…

– Mais de quoi parlez-vous ? dit le vieux prêtre, effrayé par l'excitation qu'il sentait monter dans la voix de l'homme.

– De l'Enfer, vieil homme, de l'Enfer !

Le prêtre porta vivement la main à sa poitrine, où une douleur qu'il connaissait bien le fouaillait soudain. Il bafouilla dans un souffle :

– Je ne vous comprends guère, vous m'embrouillez. Qui sont ces jouvenceaux dont vous me parlez ?

– Avez-vous écouté ce que je vous ai dit ou êtes-vous sourd, le prêtre ? gronda l'autre. Je veux l'absolution !

La voix de l'homme grimpait dans les aigus, il avait posé ses mains sur les épaules du vieux religieux, enfonçant ses ongles dans le tissu :

– Il me faut votre pardon. Ce n'est pas ma faute à

moi si le péché est partout ! Vous savez qu'il est le maître de ce monde, n'est-ce pas, vous le savez ?

Le prêtre ne disait plus rien. Les doigts de l'homme avaient glissé vers son cou :

– La tentation est partout, même ici dans cette église ! s'écria l'homme en resserrant son étreinte.

– J'étouffe, gémit le prêtre.

La douleur devenait intolérable. Elle était remontée dans son bras et le faisait haleter tant elle était forte. Dans un sursaut, il essaya de saisir les mains qui l'étreignaient convulsivement.

– Je veux l'absolution, le prêtre !

– Je ne le peux, fit le religieux dans un râle.

L'église tournoya devant les yeux du vieil homme et sa bouche s'ouvrit comme celle d'un poisson hors de l'eau. Il émit un drôle de gargouillis en s'affaissant.

– Toute faute, même si elle conduit à la damnation, peut être rachetée par la confession et la contrition ! C'est écrit, vous entendez ? Je le sais, c'est écrit !

Soudain, l'homme sembla prendre conscience du corps qu'il tenait à bout de bras et le laissa glisser sur le sol. Un coup d'œil à la face violacée lui suffit :

– Ah ça, mais il est mort, le bougre !

Affolé, il regarda autour de lui mais ne vit, dans la nef obscure, aucune face tournée vers eux.

– Tu es mort ! murmura-t-il en couchant le malheureux prêtre derrière le pilier. Tu veux donc pas m'aider ? Eh bien, j'en trouverai un autre qui le fera, tu entends ? Je veux l'absolution et je l'aurai !

L'homme s'en alla d'un pas tranquille et personne ne lui prêta attention.

Des centaines de pèlerins marchaient dans les allées et le corps du vieil homme resta longtemps dans la pénombre du chœur avant qu'un moine ne le remarque enfin.

6

Cela faisait maintenant une semaine que la famille de Guillaume le maçon avait posé son maigre paquetage dans une des maisons de torchis du faubourg Saint-Jacques, ce quartier que les habitants du Puy avaient construit en dehors de l'enceinte pour abriter les pèlerins.

Guillaume était venu du comté de Blois avec sa femme Bérengère et leur fils Garin. L'année avait été mauvaise pour eux et Guillaume avait entendu dire, par un de ses confrères qui revenait de Compostelle, qu'il y avait grande facilité à s'installer en Galice.

On promettait aux pèlerins, et surtout aux artisans qui venaient s'installer le long du « *camino francès* », des terres et un libre exercice de leur métier, qu'ils ne trouveraient nulle part ailleurs dans le royaume franc.

Ils étaient donc partis, sachant que le plus sûr moyen de rallier la Galice était de se joindre aux pèlerins. Bérengère, en fervente chrétienne, avait insisté pour qu'ils aillent jusqu'à Compostelle requérir l'aide de saint Jacques avant de s'installer le long du *camino*.

– Garin, va me chercher de l'eau, demanda Bérengère à son fils.

– Oui, mère, répondit le jeune gars, saisissant le seau qu'elle lui tendait.

Une fois dehors, il se serra dans son vieux mantel et se frotta vivement les mains l'une contre l'autre. Il faisait toujours aussi froid et de la buée lui sortait de la bouche.

Autour de lui, se dressaient une vingtaine de tentes, vides pour la plupart, car avec ce vent qui soufflait en rafales et faisait claquer les bâches, les pèlerins s'allaient réfugier dans la ville haute ou autour des grands feux allumés sur les places du faubourg.

« Faut pas se plaindre, songea Garin en regardant les tentes, on est mieux dans les maisons. Mais après, on sera tous pareils sur les routes. Il faudra marcher longtemps et loin. »

Car Garin avait beau faire, il n'arrivait pas à imaginer un voyage de plus de 400 lieues ! C'était tout comme d'aller en Terre sainte, c'était au bout du monde. Au-delà de montagnes couvertes d'une neige qui ne fondait jamais, où il y avait des ours, des aigles, des loups et même des dragons à ce qu'on disait.

Et tous ces gens : Garin n'avait jamais vu tant de monde rassemblé, tant d'hommes surtout, car il y avait là peu de femmes et d'enfants.

Et puis, il y avait ceux qui avaient déjà fait le pèlerinage, que l'on reconnaissait aux coquilles qu'ils avaient cousues sur leurs mantels ou sur leurs chapeaux. C'est ce que lui avait dit son vieil ami, Humbert.

Humbert était vieux et pauvre, mais Humbert avait trois coquilles. Garin l'avait rencontré à la fontaine et se souvenait encore du moment où il s'était lié d'amitié avec le vieil homme.

Il avait neigé, et ce matin-là, Garin était parti tôt pour tirer de l'eau. C'est là qu'il l'avait vu. Humbert cognait la glace avec le bout ferré de son bâton de marche mais n'arrivait à la briser.

– Puis-je vous aider ? avait demandé Garin.

L'homme s'était retourné, le regard flamboyant :

– Te crois-tu donc plus fort que moi, petit ?

– Que non, repartit Garin avec vivacité, mais je pense qu'à deux, nous serons plus forts.

Un sourire s'était dessiné sur le visage du vieux pèlerin, le rendant singulièrement doux :

– Comment t'appelles-tu ?

– Garin, pour vous servir, messire.

– Eh bien, tu as raison, Garin, et pour cette fois tu es plus sage que le vieil Humbert. Viens, prends ça.

Et les deux hommes avaient cassé la glace ensemble avant de se quitter en se topant dans la main, sur un cordial salut. Ce qui, de l'avis de Garin, devait sceller leur amitié.

Plus tard, le gars songea qu'Humbert était à la fois grand et petit. Grand par l'allure et petit par la taille : l'homme le dépassait à peine et pourtant, quand on le regardait, il avait si fier maintien qu'on le croyait grand.

Ses cheveux blancs étaient soigneusement peignés et attachés par une cordelette. Il portait un chapeau à larges bords comme les marchands flamands. Sa barbe était tressée à l'ancienne mode, et sur son mantel d'un bleu indéfinissable étaient cousues trois coquilles Saint-Jacques.

Trois coquilles, cela voulait dire trois pèlerinages, trois fois 400 lieues. Garin était bien incapable de compter jusque-là.

Une journée s'était écoulée puis Garin avait revu le vieil homme et l'avait poliment abordé.

– Bien le bonjour, je voudrais vous parler, s'il vous plaît, messire Humbert.

Comme la fois précédente, Humbert l'avait toisé d'un air sévère avant de s'adoucir en le reconnaissant :

– Ah, c'est toi, que me veux-tu ?

– Vos coquilles, cela veut dire que vous avez fait trois fois le pèlerinage ?

– Non, mon gars, cela veut dire que le pèlerinage m'a fait trois fois.

Et sur ces énigmatiques paroles que Garin ressassa toute la nuit sur sa paillasse, le vieil homme avait tourné les talons.

Garin passa la journée du lendemain à chercher Humbert. Il le trouva enfin. Il logeait dans une tente dressée au pied des remparts et, assis sur sa paillasse, sculptait un bâton de marche.

– J'ai compris, dit Garin.

– Qu'as-tu donc compris, mon gars ?

– Le pèlerinage nous change.

Humbert sourit et leva le nez de son ouvrage.

– Oui, Garin, il nous change. Grâce à lui, tu ne seras plus jamais le même.

– Mais vous, pourquoi aviez-vous besoin de changer trois fois ?

Humbert sourit :

– À cause des infidèles. Les chrétiens, en allant à Compostelle, les repoussent de l'Ibérie.

– Les infidèles sont si proches que cela ? s'exclama le jeune homme. Je les croyais en Terre sainte. Ils sont déjà arrivés de l'autre côté de nos montagnes ?

Humbert sourit gentiment :

– Oh non Garin, ils sont là depuis bien longtemps.

Les musulmans ont pris l'Ibérie voici bientôt quatre cents ans.

– Quatre cents ans !

– Mon gars, dit le vieil homme en lui faisant signe de s'asseoir, sais-tu qui est saint Jacques ? Sais-tu pourquoi tu vas prendre le départ pour le blanc chemin ?

– Euh… pas vraiment.

– Notre Seigneur appelait saint Jacques « Bonaerges », et sais-tu ce que cela signifie ?

– Non pas.

– Cela veut dire le « fils du tonnerre ». Car Jacques était fidèle mais impulsif, ce qui plaisait à Jésus. C'était l'un des douze apôtres, un des premiers qui propagea sa parole. Il était ardent et faisait de nombreux miracles ; et pour cela, il fut condamné à mort par Hérode Agrippa.

– Mais comment a-t-il tué le fils du tonnerre ?

– Bonaerges périt par le glaive. Ses compagnons recueillirent son corps ; et leur barque, poussée par les vents, arriva le long des côtes de Galice, non loin du port d'Iria. Le voyage n'avait duré qu'une nuit, une nuit à nulle autre pareille, une nuit qui en valait sept.

– Une nuit qui en valait sept ! répéta Garin, qui s'était laissé tomber au pied d'Humbert et ne le quittait plus des yeux, fasciné par son récit.

– Oui, continua Humbert. Et porté par des taureaux sauvages sur les terres de la cruelle reine Louve, la dépouille de Bonaerges fut déposée sur une pierre qui se fondit autour de lui comme cire tiède, lui creusant un étrange et profond sarcophage. Les années passèrent, puis les siècles… Et le monde regarda ailleurs. Puis vint le temps des Sarrasins et le temps de Charlemagne… Coule le sang des chevaliers francs, versé par les infidèles.

– C'est là que les infidèles ont envahi l'Ibérie ! déclara Garin avec fougue.

– Et c'est là que se manifesta Bonaerges. Un ermite rêva de lui. Guidé par le scintillement d'une étoile, il découvrit le lieu où se dressait sa tombe, le « *campus stellae* », le champ de l'étoile, Compostelle. On dit qu'apparut alors, au cœur des batailles, un cavalier nimbé de lumière monté sur un blanc destrier. Quand il chargeait, entraînant les preux à sa suite, sa fougue était telle qu'il semait la terreur parmi les Sarrasins et les mettait en déroute. Le « fils du tonnerre » était de retour parmi les hommes… Et les hommes, par milliers, des siècles durant, prirent le blanc chemin qui conduisait au champ de l'étoile…

– C'est ce chemin que nous allons suivre, je comprends, et 400 lieues ce n'est pas si loin après tout ! s'exclama Garin. Verrons-nous bientôt le « fils du tonnerre », Humbert ?

– Peut-être, Garin, il faut avoir la foi. Mais viens t'asseoir près de moi et parle-moi de ta mesnie.

Et Garin s'était assis aux côtés d'Humbert sur sa paillasse, lui racontant la pauvreté de son père, le manque de travail, le désir de s'installer en Galice, son village perdu, ses amis… Il s'épanchait plus avec ce vieil homme attentif qu'avec aucun de ses anciens compères.

De temps en temps, Humbert hochait la tête, posait une question, l'encourageait à poursuivre.

Puis Garin se tut et le vieil homme ordonna brusquement :

– Mène-moi à ton père, mon gars.

C'est ainsi qu'Humbert s'était lié avec la famille du maçon, acceptant, en échange de quelques repas pris en commun, de les guider sur ce chemin qu'il connaissait si bien.

– Mais qui es-tu vraiment Humbert ? lui demanda un jour Garin.

– Un pèlerin, juste un pèlerin.

Mais plus Garin le fréquentait, plus il allait de surprise en surprise : Humbert savait lire et écrire. Il comprenait plusieurs langues et parlait nombre de patois.

Un groupe de chevaliers flamands avait monté sa tente non loin de la sienne et, un matin, Garin avait surpris son vieil ami en grande conversation avec eux. Quand ils s'étaient séparés, les chevaliers avaient gravement salué le vieil homme. Et ce salut tenait plus de l'hommage que d'un simple adieu.

– Humbert, lui avait-il dit d'un ton de reproche, tu ne me fais confiance. Tu n'es pas un pèlerin.

– Non, Garin, ce n'est pas cela. Mais peut-être l'autre jour as-tu mal posé ta question ?

Le jeune homme réfléchit puis dit lentement :

– Qui étais-tu, Humbert ?

– Un croisé, juste un croisé, Garin.

La bouche du gars s'arrondit d'étonnement et un long sifflement lui échappa.

– Tu es allé jusqu'en Terre sainte ?

– Oui, fils.

– Oh, Humbert, raconte-moi.

Humbert sourit :

– Nous avons le temps, Garin. As-tu oublié que nous allons faire 400 lieues ensemble ?

– Non, Humbert mais…

– Patience, Garin, dit le vieil homme, patience.

Et puis, Garin avait rencontré une femme. Non pas une comme sa mère, usée par le travail et la vie, mais une jeune damoiselle qui portait braies et coutel et pas commode avec ça.

Cela faisait plusieurs fois qu'elle venait au campement, cherchant quelque chose ou quelqu'un, questionnant les uns et les autres.

Un jour, n'y tenant plus, Garin l'avait abordée :

– Que cherches-tu damoiselle ? Je peux t'aider, c'est sûr.

Mais la fille n'était pas facile et, comme Humbert, avait des yeux qui jetaient des éclairs. Pourtant Garin trouvait que cela lui allait bien mieux qu'à son vieil ami.

– Morbleu, tu as la langue bien pendue, le gamin.

Garin se redressa, il la dépassait d'une tête.

– Je ne voulais vous offenser, mais je ne suis pas un gosse ! J'ai mes 16 ans, tout comme vous je pense, et suis un homme, damoiselle !

Le ton de la fille se radoucit :

– Bon, bon, y'a pas d'offense. Vois-tu, je cherche un Jacquet et n'en trouve point à mon goût.

– Mais il y en a nombre ici !

– Il y a surtout des coquillards et du mauvais gibier, gronda la fille.

– Oh, je peux vous jurer, damoiselle, qu'il n'y a pas que ça.

– Tu connais quelqu'un, toi ?

– Pourquoi voulez-vous un Jacquet d'abord ?

– Tiens, qu't'es bête ! Pour me guider vers Compostelle, moi et ma compagne.

– Vous êtes des pérégrines, sans mari, ni frère, ni famille ?

– Oui, et arrête de faire ces yeux de hibou. Conduis-moi plutôt à ce Jacquet que tu connais.

– Oh mais il est pas facile et je crois pas qu'il aime qu'on lui parle comme vous faites ! dit le gars d'un air buté.

– Combien porte-t-il de coquilles, d'abord, ton Jacquet ?

– Trois, damoiselle. Et, je peux vous le dire, mais ne le répétez, c'est un croisé !

– Conduis-moi, dit Bruna d'un ton décidé. Je vais lui faire une demande que beaucoup accepteraient.

Et Humbert accepta.

Garin ne sut jamais ce qu'elle lui avait conté mais ils topèrent en se quittant. Et l'œil du vieil homme suivit longtemps la mince silhouette de la jeune fille qui s'éloignait.

Le jeune homme sourit : si Humbert avait accepté la proposition de la fille, cela voulait dire qu'ils voyageraient ensemble et ce n'était pas pour lui déplaire.

7

Depuis la mort du vieux prêtre, il n'osait retourner à la cathédrale et rôdait autour, sa capuche baissée, de peur qu'on ne le reconnaisse. Il avait tant de mal à trouver le sommeil. Pourquoi personne ne voulait-il l'absoudre ? Ce qui était écrit, était écrit !

Et puis, il y avait l'Ennemi, tapi à chaque coin de

ruelle. Les villes lui faisaient horreur avec leur foule, leurs piloris et ces gibets où pendaient des charognes sur lesquelles s'acharnaient les corbeaux.

Il fallait qu'il reprenne sa tâche. Il sentit la lourdeur de sa lame dans son étui et sourit, rassuré. Tout ça se dénouerait ailleurs, dans l'autre monde. Et alors, il pourrait dormir à jamais.

8

– Il fait froid, mes seigneurs, goûtez mon vin. Il est meilleur que le soleil d'hiver, il réchauffe la couenne et les os ! clamait un jeune homme, un tonnelet attaché à sa ceinture de cuir.

– Donne, dit un homme au visage amaigri. Donne un gobelet, petit.

– Oui, messire, dit le garçon en remplissant prestement la petite chope d'étain qui pendait par une chaîne à sa ceinture. C'est un sou du Puy, ajouta-t-il en tendant la main.

L'homme sortit une aumônière si plate qu'on l'eût cru vide et en extirpa une fine piécette qu'il tendit au jeune gars.

– Tiens, prends ça, et j'espère pour toi que ton vin est aussi bon que tu le dis, fit l'homme en avalant la boisson d'un trait.

– Vous en voulez un autre ? demanda aussitôt le colporteur qui tapait du pied le sol gelé.

– Verse, dit l'homme en tendant le gobelet qu'il n'avait pas lâché.

Tout en remplissant à nouveau le godet, le jeune gars dévisageait son client. Vêtu d'un mantel de drap brun souillé par les auréoles blanches de la neige, il portait un rebec en bandoulière, un « trouveur » donc, et pas tout jeune et pas bien riche.

– Vous êtes un Jacquet, messire ? demanda le gars avec curiosité.

– Si on veut, soupira l'homme. Je ne suis pour l'instant qu'un vagant et un homme fatigué par une trop longue route.

– Vous venez pour chanter devant l'évêque ?

– Que peut te faire pourquoi je viens, le gars ? grogna l'homme.

– Mille excuses, je ne voulais vous offenser. Mais vous parlez d'une longue route, d'où venez-vous donc ?

– De l'Enfer ! rétorqua l'autre. Trouve-moi un gîte plutôt que de m'échauffer avec tes questions.

Comprenant que l'homme était à bout, le jeune gars grommela une excuse, puis s'exclama :

– Mais tout est plein ici, messire ! Vous pensez, il n'y a plus même une place en la cathédrale. Il vous faut aller au faubourg Saint-Jacques, en dehors de l'enceinte, c'est là que les pèlerins se regroupent.

– Quelle est la meilleure hôtellerie ? s'enquit brusquement le voyageur sans prêter attention aux propos du jeune marchand.

– Mais puisque je vous dis…

– Quelle est la meilleure hôtellerie ? Réponds !

– Celle de la rue Rochetaillade.

– Conduis-moi.

– Mais… et mon commerce ? protesta le jeune garçon.

– Conduis-moi ! gronda l'homme en lui saisissant

le bras et en le broyant entre ses doigts nerveux. Ton père ne t'a-t-il point appris à te taire et à obéir ?

– Hé, lâchez-moi, messire, j'vas vous conduire.

– Voilà qui est mieux, dit l'homme d'un air sombre.

9

– Comment faut vous le répéter ? Je n'ai pas une paillasse libre ! s'écria maître Guiraut.

– Tu n'as pas une paillasse pour Ronan, le joueur de rebec ? rétorqua l'homme avec hauteur. Moi le trouveur, je te ferai la chanson et remplirai ta taverne mieux que toutes celles de la ville ! Tu refuseras des Ponots ou tu devras les asseoir le cul dans la neige ! De la brumeuse Angleterre jusqu'au lointain Orient, il n'en est point de meilleur que moi !

Guiraut réfléchit un moment puis son visage prit une expression sournoise. Il avait une idée : le trouveur lui servirait deux fois, il lui amènerait de la clientèle et, en plus, il le vengerait de cette femelle arrogante. Il l'avait vue sortir, un peu plus tôt ; elle aurait une surprise en revenant.

– Il me reste bien quelque chose, mais vous ne seriez pas seul.

– La belle affaire. Crois-tu que dans mes voyages au fin bout du monde, j'ai souvent l'occasion d'avoir chambre pour moi seul ?

– Alors topez-la et suivez-moi, dit Guiraut en grimpant à l'étage.

Le tenancier se dirigea vers une porte qu'il ouvrit sans frapper et s'effaça pour laisser entrer Ronan.

Il y avait déjà deux paillasses dans l'étroite soupente et l'une d'elles était occupée par une silhouette étendue sous une couverture. L'homme sursauta :

– Holà, c'est une femme ! dit-il en apercevant le profil de la dormeuse.

– Oui-da, elle est un peu simple, elle ne verra pas d'inconvénient à ce que vous dormiez ici.

– À qui est l'autre paillasse ? À son mari ?

– Non, à une fille des montagnes, une sauvage.

Ronan hocha la tête et s'approcha de la forme immobile :

– Tu en prends bien à ton aise avec tes clientes. On pourrait quand même réveiller celle-là et lui demander son avis. (Il se pencha sur le corps immobile et s'exclama :) Mais elle ne dort pas ! Elle a les yeux ouverts, on la dirait morte.

– Baste, elle est sourde ou muette…

– Ma dame, ma dame ! fit le troubadour en touchant l'épaule de la femme.

Mais elle ne répondit ni ne broncha. Ronan se tourna vers le tavernier d'un air interrogateur.

– Je vous l'avais bien dit. Je vais vous faire monter une paillasse, grogna l'aubergiste en sortant.

Une fois sa paillasse installée, le troubadour referma la porte, puis haussant les épaules se laissa tomber sur sa couche. Il était trop épuisé pour réfléchir, et même si les manières de cet aubergiste lui répugnaient, il avait au moins le gîte et le couvert assurés jusqu'à son départ.

Il régnait dans la soupente un froid mortel, mais pour l'heure il lui fallait dormir.

Il posa son rebec à côté de lui, glissa son coutel sous son bras et, après un dernier regard à la silhouette immobile sur la paillasse voisine, s'enroula dans son mantel et s'endormit aussitôt.

Un léger bruit le réveilla, mais il était déjà trop tard, une lame était posée sur sa gorge.

– Qui êtes-vous ? Que faites-vous dans notre chambre ? grondait une voix furieuse.

L'homme entrouvrit les yeux.

La voix appartenait à la plus jolie fille qu'il ait vue depuis longtemps. Oh ! pas une beauté de la ville, non. Une jeune fille aux beaux yeux en amande, à la pommette haute, aux longs cheveux noirs et luisants.

Il se rappela que l'aubergiste lui avait parlé d'une sauvage et rétorqua avec calme :

– Holà, gente damoiselle, je répondrai si vous arrêtez de me piquer avec votre maudit coutel.

La jeune fille hésita puis relâcha un peu sa pression sur la gorge de l'homme.

– Qui êtes-vous ? répéta-t-elle.

– Mon nom est Ronan de Bretagne, damoiselle, et je suis trouveur.

– De Bretagne ? Vous venez d'où en Bretagne ?

– Du bout du monde.

La fille parut réfléchir et baissa davantage sa lame :

– Pourquoi êtes-vous ici ?

– C'est le tenancier qui m'a installé en me disant que vous n'y verriez problème. J'ai fait long chemin, ne vous en déplaise, damoiselle. Là est la raison de ma présence en ce palais des courants d'air, ma princesse !

Le regard étincelant sous l'effet de la colère, la fille siffla entre ses dents.

– Le porc, je lui ferai payer ! Pour vous, j'en suis marrie mais il ne faut pas que vous restiez ici. Je dois assurer la protection et le soutien de ma dame, alors…

– En d'autres temps, damoiselle, je vous aurais volontiers obéi, mais aujourd'hui j'ai besoin du gîte et du couvert et l'aubergiste me l'a proposé, donc je reste !

– Donc, vous allez partir ! Combien vous faut-il ? Je peux payer.

Ronan se fendit d'un sourire moqueur :

– Pour tous les trésors de Byzance ou de la lointaine Tartarie, je ne vous quitterais, belle damoiselle. Vos yeux m'ont rendu captif et me tiennent enchaîné à cette misérable couche… Ne craignez donc rien de votre humble esclave, je vous en conjure !

La jeune fille se mordit les lèvres et songea que si elle chassait celui-là, ce Guiraut lui en imposerait un autre, sans doute pire encore.

– Je vois bien que vous vous moquez et que vous êtes plus fou que méchant. Ne vous avisez de vous approcher de nous et tout ira bien, dit-elle en rengainant son coutel.

Le troubadour ne répondit pas et, se tournant vers le mur, rabattit sa capuche sur son visage.

Bruna hésitait encore qu'un ronflement sonore montait déjà de la couche du trouveur.

Elle sourit malgré elle et s'assit sur sa paillasse. Après tout, il ne restait qu'une seule nuit avant le grand départ.

10

Quand Ronan se réveilla, l'office de sexte sonnait à la cathédrale et il n'y avait plus personne dans la chambre.

Il s'étira et, regardant autour de lui, aperçut un bassin de toilette et une jatte d'eau posés sur des nattes à même le sol.

Enlevant ses vêtements, il alla chercher dans sa sacoche un linge dans lequel étaient enveloppés un cuir à aiguiser, un rasoir, un miroir d'étain poli et une boîte en buis contenant un mince morceau de savon de saponaire.

Après avoir versé un peu d'eau dans le bassin, il se plaça au milieu et se savonna longuement le corps et les cheveux avant de se rincer. Puis, s'étant approché de la fenêtre, il se rasa soigneusement, regardant son image dans le reflet de l'étain. Enfin, sortant de sa sacoche une chainse et des braies propres, il les enfila et poussa un soupir satisfait.

– Je me sens mieux. Une poignée de neige ne vaut pas un peu d'eau et une savonnée ! Il me faut maintenant saluer Notre-Dame, et ce soir je gagnerai ma pitance dans la salle basse.

Quelques instants plus tard, après avoir avalé un maigre déjeuner et conclu affaire avec l'aubergiste, Ronan se joignit au flot des pèlerins et se retrouva en haut de la rue des Tables, au pied de la cathédrale.

La haute façade, aux mosaïques de pierre blanche et de lave rouge, le surplombait. Malgré la neige qui s'accrochait aux corniches, le sombre bâtiment restait enveloppé d'une aura de mystère évoquant davantage Byzance que le royaume franc.

Autour de lui, étaient assemblés des hommes et des femmes qui semblaient venir de toute la chrétienté. Ici, on entendait parler breton, poitevin, provençal, flamand…

Des religieux de l'évêché passaient entre les rangs des fidèles assis, distribuant du pain, des oignons et du vin.

Des carrioles, menées par des paysans, déposaient des ballots de paille destinés aux paillasses des pèlerins qui dormaient en la cathédrale.

Ronan s'adressa à un des jeunes paysans, lui demandant comment rejoindre le maître-autel. L'autre lui répondit en souriant :

– Oh, c'est point difficile, messire, on entre dans l'église Notre-Dame par le nombril et on en ressort par les oreilles ! Laissez-vous porter, vous verrez bien !

Ronan le remercia et, suivant son conseil, se glissa au milieu des fidèles, franchissant une porte aux battants recouverts d'étincelantes plaques de cuivre ciselé. Il fut surpris d'y reconnaître les entrelacs des caractères arabes, mêlés à des inscriptions latines.

Un long escalier, encombré de marchands d'amulettes saintes et de médailles, le mena droit à la Vierge noire. La foule était telle dans la nef qu'il dut enjamber des fidèles allongés à même le dallage. Partout retentissaient des chants et les murmures des prières. Un peu plus loin, des bourgeois discutaient affaires avec des chanoines.

D'énormes coupoles orientales remplaçaient les habituelles voûtes de pierre. Un étrange sentiment de familiarité envahit Ronan. Il était en pays d'Orient, cet Orient qu'il avait tant aimé.

C'est alors qu'il l'aperçut : elle était agenouillée devant la Vierge noire et priait avec ferveur, ses longs cheveux noirs frôlant le dallage.

Quand elle se releva, sa décision était prise, il allait la suivre.

Cette fille étrange l'attirait malgré lui et même s'il s'en défendait, de la curiosité se mêlait à cette attirance.

Elle sortit de la cathédrale par le porche Saint-Jean et après être passée devant le baptistère, descendit par la rue de Séguret vers le petit village fortifié d'Aiguilhe.

Elle marchait vite et se dirigea sans hésiter vers la porte d'enceinte de l'abbaye de Séguret.

Des moines en gardaient l'entrée, calmant l'impatience des pèlerins à l'aide de solides bâtons. Ronan passa sous un porche et se trouva dans la cour de l'abbaye.

Il y avait là une chapelle en construction, un hospital et quelques bâtiments réservés aux moines, mais le trouveur les regarda à peine.

Il n'avait d'yeux que pour la pointe rocheuse qui saillait au-dessus de lui. Il avança lentement, fasciné par cette paroi sombre et abrupte, au sommet de laquelle se dressait une petite église surmontée d'un clocher.

Le lieu était si insolite qu'il en oublia de surveiller la jeune femme.

Il remarqua que des degrés avaient été creusés dans la pierre et que, malgré le vent qui soufflait en rafales, des pèlerins se collaient à la paroi pour gagner le sommet.

Comme dans un songe, il se retrouva au pied de l'Aiguilhe et commença lui aussi à grimper.

La roche était ruisselante de neige fondue et il fallait parfois se rattraper à des cordes, que les moines de Séguret avaient disposées le long de la montée, pour ne pas tomber.

Ronan leva la tête et aperçut la silhouette de la fille qui escaladait la paroi, d'un pied sûr de montagnarde.

Plus le jeune homme montait et plus il avait l'impression de quitter la terre, comme si cet étrange lieu avait le pouvoir de le guider vers le ciel.

Un morceau du songe de Jacob lui revint en mémoire :

« Voilà qu'une échelle était dressée sur la terre et que son sommet atteignait le ciel et des anges de Dieu y montaient et descendaient ! »

Au-dessus de lui, un vieux pèlerin glissa, l'arrachant à sa méditation.

Ronan n'eut que le temps de le rattraper pour lui éviter une chute mortelle.

Il le guida vers un des rares paliers qui permettaient aux grimpeurs de reprendre haleine. Des niches étaient creusées dans les parois, accueillant, ainsi qu'il l'apprit plus tard, les os des abbés qui se succédaient sur ce roc battu par les vents.

Ronan s'arrêta sur le dernier palier devant la petite église et regarda autour de lui. La vue était extraordinaire. Une barre de nuages soulignait l'horizon d'un trait d'encre noire, au loin se distinguait la silhouette bleutée de hautes montagnes et, en baissant les yeux, il s'aperçut qu'il surplombait toute la ville.

Le trouveur se retourna, détaillant la façade ornée de mosaïques et le linteau où s'affrontaient deux sirènes.

Quelques marches le conduisirent à l'intérieur du sanctuaire. Il trempa ses doigts dans un bénitier alimenté par les eaux du ciel et s'avança vers l'oratoire où se dressait le maître-autel recouvert d'un simple tissu de lin blanc.

De magnifiques peintures aux couleurs vives ornaient les murs, représentant saint Michel, le chevalier de Dieu, à qui la chapelle était dédiée.

Sur un pan de mur, derrière l'autel, était peinte une grande spirale bleutée, dans laquelle avançaient des anges guidant les morts vers la lumière et la résurrection.

La rêverie le prit, l'emmenant vers le lointain Orient, et un pli amer déforma sa bouche mince.

Il se secoua. Demain était le jour du départ et il lui fallait songer à amasser quelques deniers pour la route.

11

Après ces jours de grand froid, le soleil s'était levé sur la ville du Puy, illuminant la procession qui faisait le tour de la ville. La grande messe pascale allait bientôt commencer.

Des enfants couraient en hurlant dans les rues, annonçant l'arrivée du cortège. Des cavaliers armés de hautes lances ouvraient la route, faisant s'écarter les badauds devant la Vierge.

Portée par six robustes moines, sur un brancard recouvert d'une soierie aux reflets écarlates, la Vierge noire du Puy, « Sancta Maria de Podio », attirait tous les regards.

Avec son corps entièrement enveloppé de bandelettes de toile, elle avait l'air d'une divinité égyptienne en route vers l'éternité. Son fin visage noir était orné d'un bandeau couvert d'escarboucles et elle tenait devant elle son fils Jésus.

Les gens se signaient sur le passage du brancard ou se jetaient sur le sol.

Ici, tout comme à Chartres, on aimait davantage à prier la Vierge que Dieu lui-même.

Enfin, après être remontée par la rue des Tables, la procession arriva devant les lourdes portes de Notre-Dame du Puy. Pèlerins, moines et Ponots entonnèrent avec force le *Salve Regina*.

Derrière la Vierge, venaient l'évêque et les chanoines ainsi que les hauts dignitaires. Les étoffes doublées d'hermine et de petit-gris témoignaient de la richesse des hommes d'Église. Puis venaient les barons et les vicomtes suivis d'une foule de chevaliers et d'écuyers.

Il y avait un étrange contraste entre les chasubles orfraisées, les bliauds doublés de fourrures, et les mantels sombres des pèlerins qui fermaient le cortège.

Des moines armés de lourds bâtons firent s'écarter les fidèles trop impétueux et l'immense cortège s'engouffra dans la cathédrale.

L'évêque Pierre III avait bien fait les choses. En plus de la clarté du soleil qui tombait des coupoles, de petites lampes à huile avaient été disséminées dans tous les recoins de la nef et des absides, diffusant sur la pierre une lueur dorée inhabituelle.

Les seigneurs et les dames se placèrent devant le maître-autel. Les religieux s'installèrent dans le chœur.

Quant aux pèlerins, ils étaient si nombreux que la

cathédrale avait peine à les contenir tous et que certains restèrent agenouillés devant le porche.

Il y avait dans l'air une ferveur et une tension propre au départ. Un départ qui, pour beaucoup, serait sans retour, car le blanc chemin tuait nombre de pèlerins. Mais tous étaient prêts.

Ils portaient la cotte mi-longue sur leurs braies et par-dessus un ample mantel à capuche pour se protéger du froid et de la pluie.

Comme seuls bagages, les Jacquets avaient une besace, une aumônière à la ceinture et un bourdon, ce long bâton de marche d'où pendait une calebasse pleine d'eau. Beaucoup partaient pieds nus pour faire ces centaines de lieues qui les séparaient de la Galice.

À la fin de la messe, l'évêque se fraya un chemin jusqu'à la sortie.

Derrière lui, venaient des moines qui distribuaient des mantels et des bâtons aux pèlerins qui n'en avaient point. Pierre III avançait parmi les Jacquets agenouillés, répétant la bénédiction rituelle :

« Au nom de Notre-Dame, recevez ce bourdon et ce mantel, attributs de votre pèlerinage, afin que vous méritiez de parvenir purifié, sauf et amendé au parvis de Saint-Jacques et que votre chemin accompli, vous nous reveniez en parfaite santé. »

12

Les habitants du Puy se pressaient aux portes de la ville et sur les remparts pour voir le départ des Jacquets. Les pères prenaient leurs enfants sur les épaules, les gamins grimpaient sur les toits des maisons et tous regardaient défiler l'interminable procession des pèlerins, ce peuple de Dieu en marche vers la lointaine Ibérie.

La colonne des fidèles s'étirait déjà dans le lointain vers les monts de Margeride.

Le vent s'était levé à nouveau, soulevant des bourrasques de neige.

Il n'y eut bientôt plus qu'une ombre noire à l'horizon. Puis plus rien.

Le lendemain, on retrouva dans une ruelle sordide le corps sans vie d'un jeune seigneur et, aux abords des remparts, celui horriblement mutilé d'un adolescent. Il portait tant et tant de plaies qu'on eût dit qu'une lame avait dansé sur lui, le vidant de son sang.

DEUXIÈME PARTIE

« Deo Jubila
Clero canta
Daemones fuga
Errantes revoca »

[Jubile pour Dieu. Chante pour les clercs.
Chasse les démons. Rappelle les égarés.]

Inscription gravée sur la cloche
de la Dômerie d'Aubrac

13

L'appel du cor, signalant le retour du baron de Peyre, avait résonné tout au long des postes de garde qui jalonnaient le Gévaudan.

Du haut des remparts, les sentinelles surveillaient le groupe de cavaliers qui grossissait à l'horizon.

Un vent glacial soufflait sur la plaine, faisant claquer les étendards. Malgré la fine couche de neige qui recouvrait la terre gelée, le martèlement du galop allait s'amplifiant, puis soudain éclata le son rauque de la trompe du baron.

Les destriers se lançaient dans la montée menant à la muraille d'enceinte et les guetteurs firent lever la première herse.

On distinguait maintenant les broignes des chevaliers et l'éclat de leurs armes. Les chanfreins qui protégeaient la tête des destriers lançaient de sinistres éclairs métalliques.

Les cavaliers étaient une trentaine et à leur tête chevauchait le vieux baron, reconnaissable à son gonfanon, ce large étendard, signe de son rang, qu'il tenait dans son poing ganté de fer.

Passant avec fracas sous la première herse, les cavaliers, sans ralentir l'allure, encouragèrent leurs montures qui continuèrent à grimper vers le pont-levis de la seconde enceinte.

Ils firent irruption dans la basse-cour du château et mirent pied à terre devant l'intendant et ses serviteurs. Un peu en retrait, un moine, chapelain et confesseur, attendait que le baron descende de cheval pour le saluer.

Le seigneur ôta son heaume et le tendit avec son gonfanon à l'un de ses écuyers. Il secoua sa lourde chevelure grise et passa sa main dans sa barbe d'un geste qui lui était familier. Il avait le visage et les yeux rougis par le froid.

Après un rapide regard, il salua d'un hochement de tête les hommes qui se courbaient devant lui et se tourna vers son escorte.

Des garçons d'écurie emmenaient les destriers à la robe fumante et trempée de sueur sous les caparaçons de cuir. Les cavaliers déposaient leurs lances en faisceau contre un mur.

L'intendant s'approcha et s'inclina :

– Bienvenue, notre baron. Il faudrait que je vous parle sans délai…

Mais le seigneur agita la main avec impatience :

– Plus tard, plus tard ! Nous nous verrons après le bain et la table.

Le ton était sans réplique et malgré son anxiété, l'intendant n'osa insister. Point ne fallait prendre ce maître-là à rebrousse-poil, car il devenait alors aussi hargneux qu'un vieux sanglier.

Le baron se tourna vers un chevalier dont le bliaud pourpre et l'écu montraient qu'il n'était pas de sa maisonnée et le héla :

– Venez messire Galeran, venez ! Un bon feu nous

attend et aussi de quoi nous faire figure d'homme plutôt que de routier.

– Votre château a fière allure, baron. Pardieu, c'est un vrai nid d'aigles ! s'exclama le chevalier en levant les yeux vers le puissant donjon qui les dominait.

– Attendez d'être grimpé là-haut, Galeran. Le faîte en est si élevé que l'on y navigue sur les nuages !

Une volée de marches mena le baron et ses hommes à la salle basse du donjon.

Juste munie de deux étroites archères, la salle commune était brillamment éclairée par nombre de flambeaux disposés sur de hauts trépieds.

C'était là un repaire d'hommes et Galeran se fit la réflexion qu'il n'y avait encore vu ni femmes ni enfants.

Une rangée d'étendards multicolores pendait de la voûte et des armes étaient disposées le long des murailles.

Une longue table était dressée devant une vaste et profonde cheminée où brûlait un demi-tronc d'arbre. Les hautes flammes éclairaient le dallage où somnolaient deux lévriers blancs.

Les chiens levèrent la tête, observant leur maître de leurs grands yeux noirs, sans broncher ni même donner signe de contentement.

– Ils sont toujours ainsi, dit le baron en flattant le col des superbes animaux. Ils n'aiment pas que je parte sans eux, ils me le font savoir quand je reviens. Venez, messire Galeran, ajouta-t-il, je vous ai promis un peu de délassement avant les plaisirs de la table.

Un banc de pierre occupait un coin de l'âtre, et une petite porte de chêne l'autre côté. Le baron en poussa le battant et s'effaça pour laisser passer le jeune chevalier.

14

Les deux hommes débouchèrent dans une pièce dont l'air embué et tiède sentait la lavande et le romarin. Des petites ouvertures au ras du sol sortait un souffle chaud.

– Mon étuve ! dit le baron en souriant de l'étonnement du chevalier. La cheminée chauffe cette pièce mieux que la grand-salle.

Une vieille servante, vêtue d'une cotte bleue, se tenait debout, les bras croisés, près de deux grands baquets de bois emplis d'une eau fumante.

– Vous êtes ici chez vous, Galeran, et ma fidèle Laune s'occupera de vous comme de moi-même, dit le baron avec un large geste de la main.

– Grand merci, baron, de votre hospitalité, répondit le chevalier en s'inclinant. Voilà qui sera bienvenu après cette froide semaine de chevauchée.

Le vieux baron, aidé par la servante, laissa tomber son bliaud et ses braies, exhibant un torse court et musclé comme celui d'un jeune homme. De multiples cicatrices témoignaient de son ardeur au combat et à la chasse. Il se plongea dans l'un des baquets en soupirant d'aise puis ordonna à la vieille de s'occuper de son invité.

Après avoir ôté ses vêtements, Galeran avait enjambé le rebord du baquet qui lui était destiné et s'était assis sur le molleton qui en recouvrait le fond.

Laune lui savonna vigoureusement le dos avant de le frotter avec une brosse de crin. Le chevalier se détendit. Il sentait ses muscles se dénouer sous les mains expertes de la bonne femme.

Bientôt les deux hommes, dûment frottés, sortirent à regret des baquets. La vieille Laune les massa encore avec une huile où se mêlaient les arômes de la cannelle et du thym. La fatigue avait déserté leurs corps, rompus par ces longs jours de chevauchée dans le froid et la neige.

La servante apporta des linges dans un panier d'osier et sortit en silence, après avoir tendu à son maître et à son invité des chainses propres, des braies et deux longs bliauds d'apparat.

– À table ! s'écria joyeusement le baron. La faim me tenaille les entrailles !

– Il est vrai, messire, rétorqua le chevalier en souriant. Je me sens prêt à faire honneur à votre largesse comme si je n'avais mangé de huit jours ! Votre étuve et les soins de votre bonne Laune nous ont fait grand réconfort.

Quand ils entrèrent dans la salle commune, Galeran reconnut parmi les visages qui se tournèrent vers eux les chevaliers de l'escorte ainsi que quelques autres vassaux qu'il ne connaissait point.

Le silence se fit autour de la table haute et le baron invita Galeran à s'asseoir à sa droite, puis l'assemblée les imita, non sans avoir bruyamment salué le maître des lieux :

– Longue vie au baron ! Longue vie !

Sur les somptueuses nappes blanches étaient posés des plats de métal précieux ainsi que des coutels et des cuillères en argent. Comme il était d'usage, chaque convive partageait son écuelle avec son voisin.

Une nef en vermeil contenant des épices et une salière ouvragée étaient posées devant le maître de céans.

Des écuyers tranchants placèrent une tranche de pain devant le chevalier ; puis un échanson passa, portant deux aiguières, l'une emplie d'eau et l'autre de vin. Il s'approcha du baron qui fit signe de servir son invité.

– Point trop d'eau, demanda Galeran qui n'aimait guère le vin coupé.

– Vous avez raison, chevalier, déclara le baron en riant, ce vin-là, c'est du Saint-Pourçain et j'aime à le boire pur moi aussi. Je n'en connais de meilleur, même celui du Paradis ne lui arrive au talon !

Galeran huma sa coupe, appréciant l'arôme et la couleur d'escarboucle du breuvage. Puis il leva son hanap en l'honneur de son hôte et déclara avec force :

– Que Dieu protège le baron et toute cette noble assemblée !

Les hommes du baron tapèrent du poing sur la table pour montrer leur approbation puis, au milieu des éclats de voix et des plaisanteries, le repas commença.

Sur un geste de l'intendant, une longue file d'écuyers entra, portant moult plats teintés de jaune safran et de rouge santal.

Une première écuelle fut remplie de brouet camelin pendant qu'on servait sur le pain tranchoir des pâtés norrois et du blanc de volaille en poivrade. Des sauciers défilaient, proposant des verjus de grains ou de vinaigre. Puis ce furent les civets de conins et les soringues de poissons.

Le cuisinier, sur les ordres de l'intendant, avait veillé aux teintes des mets et seuls, en l'honneur du baron, brillaient le jaune, symbole de l'intelligence, et le rouge « sang de dragon », de la force et de la victoire.

Malgré leur grand prix, les épices étaient dispensées à foison sur cette table digne d'un duc.

De jeunes happe-lopins couraient en tout sens, allant quérir supplément de sel ou de pain en cuisine.

Quand enfin arriva le vin d'hypocras, accompagné d'oublies, de supplications, et de tous ces gâteaux légers que fabriquent les faiseurs de beignets, le baron qui n'aimait guère la « sortie » des repas, recula son faudesteuil et se tourna vers son voisin :

– Que vous dit ce prêche de Vézelay, Galeran ? demanda-t-il d'un ton grave. Allons-nous voir une nouvelle levée d'écus vers la Terre sainte ?

– J'y pensais justement, répondit le chevalier. Nous savions tous que depuis la chute d'Edesse voici bientôt deux ans, Louis VII avait décidé de prendre la Croix, mais je ne m'attendais pas à ce que le sermon de Bernard de Clairvaux enflamme ainsi la chevalerie. Il semblerait que la seconde croisade devienne bientôt une réalité, mon cher baron.

Le vieux seigneur coula un regard vers son invité. Les yeux bleus du chevalier breton étaient songeurs et la longue cicatrice qui barrait son front se creusait sous l'effet de sombres pensées.

Les deux hommes s'étaient rencontrés à Vézelay dix jours plus tôt. Ils avaient assisté au prêche de la Pâques qui avait rassemblé, cette année-là, le roi lui-même et la plupart des vassaux du royaume.

Le baron s'était tout de suite pris d'amitié pour ce jeune chevalier à l'allure sévère que lui avait présenté Bernard de Clairvaux, et il lui avait proposé de le suivre en son fief après la grand-messe.

Galeran, à qui ce rude seigneur plaisait, avait accepté.

La messe à peine achevée, l'escorte du baron s'était ébranlée. Ni l'un ni l'autre ne voulaient rester à Vézelay. Tous deux éprouvaient le besoin de se tenir à quelque distance de l'embrasement provoqué par Bernard de Clairvaux.

En huit jours, ne laissant guère de repos à leurs montures, ils avaient gagné Nevers puis Clermont avant de s'engager à travers les monts d'Auvergne vers l'Aubrac et le Gévaudan.

– C'est un rude homme tout de même que ce Bernard de Clairvaux, observa le baron, en se passant la main dans sa barbe. Mieux vaut, sans aucun doute, l'avoir pour ami que pour ennemi.

Galeran sourit un peu tristement :

– Oui, d'aucuns, comme Abélard, ne se sont point remis de ses attaques.

– Je l'ai entendu dire. Mais tout de même, c'est un orateur.

– Et un soldat. Je pense parfois que l'épée lui aurait mieux convenu que la bure. Mais enfin, il a le Verbe et c'est une arme aussi redoutable. Vous avez vu comme il a déchiré sa robe pour y tailler des croix de tissu ! Et ce pardon qu'il accordait avec tant d'ardeur : « Prenez cette croix d'étoffe, disait-il, la matière coûte peu. Mais elle est d'un grand prix : elle vaut le Royaume de Dieu ! »

– Peu de chevaliers ont résisté… sauf vous, Galeran.

– Et vous, baron ! rétorqua le chevalier avec un fin sourire.

Le visage du vieux seigneur s'éclaira. Décidément, ce compagnon-là lui convenait. Quel dommage qu'il ne le compte parmi ses féaux.

Il repoussa son faudesteuil et se levant, donna une franche bourrade au jeune chevalier.

– Venez messire, j'ai quelque chose à vous montrer.

Le baron ouvrit une porte qui donnait sur un escalier

en colimaçon. Il saisit une torche et passa devant le chevalier. Pendant qu'ils montaient, le vieux seigneur lui montra les portes qui s'ouvraient à chacun des trois étages et expliqua que c'était là ses quartiers et ceux de ses hommes.

Arrivé en haut, le seigneur entraîna Galeran vers les créneaux. Une bourrasque de vent glacial les plaqua un instant contre le parapet et le chevalier éprouva la singulière sensation d'avoir quitté le monde des hommes pour celui des aigles et des éperviers.

Des guetteurs, qui ne s'étaient pas même détournés de leur tâche en entendant les visiteurs, scrutaient l'immensité qui s'étendait à leurs pieds.

Le château était construit sur un piton dénudé, le roc de Peyre. Dominant les plateaux environnants, il était impossible d'y accéder sans être repéré des lieues à l'avance.

– Eh bien, baron, vous ne m'avez menti, dit Galeran avec admiration. Vous tenez là une place imprenable.

Tout heureux, le vieux seigneur tendit le bras :

– Regardez, c'est l'Aubrac et voici les Causses et la Margeride. Par temps clair, nous apercevons même les dômes d'Auvergne et les crocs aigus de l'Aigoual. De là, mes guetteurs voient les marches de mon territoire et bien davantage…

Un faible bruit de toux fit se retourner les deux hommes.

– Monseigneur, il faut absolument que je vous parle, déclara l'intendant qui les avait suivis jusque-là. Il faut que vous m'entendiez maintenant, je vous en conjure.

Le baron fronça les sourcils :

– Cela ne te ressemble pas d'insister ainsi, Guyot, gronda-t-il. D'habitude, tu attends que je te fasse mander.

Le vieil intendant baissa la tête :

– C'est que l'affaire est gravissime, dit-il, et que le temps nous presse. Si vous n'étiez vite revenu, je vous aurais envoyé messager à Vézelay.

Le baron sentit qu'il y avait là litige sérieux. Galeran allait se retirer discrètement, mais il le retint :

– Restez, chevalier, je n'ai de secrets. Va Guyot, nous t'écoutons.

– Nous avons trouvé deux jouvenceaux morts, messire.

– Oui-da, cela arrive hélas ! Morts de froid, sans doute ?

– Que non pas, messire, morts par le coutel, et vilainement, vous pouvez m'en croire.

– Sur mes terres ? gronda le baron. Parle Guyot, qui sont ces jeunes gars ?

– Le premier a été découvert près du péage des Estrets, messire, mais nul ne le connaît au hameau. Le second sous le pont de Marchastel, c'est le fils d'un de nos bergers.

Le vieil homme avala sa salive.

– Voilà, quand j'ai eu le message pour celui des Estrets, c'était il y a deux jours, je suis aussitôt parti avec quelques hommes. Vous comprenez, il y avait du monde au péage avec le pèlerinage. C'est un des sergents qui l'a trouvé.

– Le pèlerinage ? interrogea Galeran.

– Oui, chevalier, intervint le baron. Les Jacquets qui viennent du Puy passent sur mes terres et par le pont des Estrets. Le péage n'y est point cher et les pèlerins préfèrent traverser là que dans les eaux gelées de la Truyère.

« Le chemin de l'étoile, les étoiles tachées de sang,

comme l'a prédit la Mauresque ! » murmura Galeran atterré.

Comme dans un brouillard, il entendit à nouveau la voix du baron qui poursuivait d'un ton bourru :

– Du pont jusqu'à Aumont, nous sommes sur l'ancienne voie romaine, la *via Agrippa*. J'y ai donc des hommes d'armes en permanence. Mais la foule des pèlerins est immense. Il y a un peu de tout là-dedans et ça ne se passe pas toujours sans accident ni anicroche avec les gens de chez nous… Bon, va toujours, Guyot, nous t'écoutons.

– Le sergent a trouvé le garçon au « Baou de l'Estival », dans les rochers, près de la Truyère. C'était un gars d'une quinzaine d'années. Il a été mutilé, messires, comme par des routiers. On lui a tranché la langue et les parties, et tailladé tout le corps ; son sang s'est gelé sur les pierres alentour. Il y avait des éclaboussures partout…

– Vous avez dit que ce cadavre était celui d'un inconnu ? l'interrompit Galeran.

– Oui-da, parce qu'il n'y a qu'une mesnie près du pont et ils n'ont pas d'enfant.

– Il n'y a pas d'autres villages aux abords du péage ?

– Si, un seul, mais ce n'est pas tout près.

– Lequel est-ce ?

– Saint-Alban.

– Il serait bon d'envoyer quelqu'un là-bas pour s'assurer que nous n'avons pas affaire à un gars du pays ou à un saisonnier.

– Cela sera fait, messire, dit l'intendant en hochant la tête.

Ce diable de chevalier l'impressionnait ; il n'eût su dire pourquoi, mais il sentait en lui une détermination peu commune. Et cette balafre qui lui barrait le front… Cet homme-là avait connu la mort de près et n'en était sûrement pas revenu sans enseignement.

– Qu'avez-vous fait du corps ? dit Galeran.

– On a mis des pierres dessus, messire, je ne voulais le laisser ainsi à la merci des bêtes.

– Et le second ?

– C'est un berger de Marchastel. Un bon gars, je connaissais sa mesnie. C'est pour ça que je voulais vous faire mander, bégaya l'intendant avec émotion. Il était pareil que l'autre.

– Que veux-tu dire ? gronda le baron.

– Je veux dire qu'il était torturé tout pareil comme s'ils étaient frères dans le sang et la mort !

– Où est-il celui-là ? Vous l'avez enterré ? demanda Galeran.

– Non messire chevalier, il est ici en la chapelle du château.

15

Hormis un autel de pierre et deux bancs, la petite chapelle était dépourvue de tout apparat. Une statue de la Vierge, sculptée dans un bois noir comme la nuit, occupait une niche où brûlait en permanence une lampe à huile.

Le corps du jeune berger, recouvert d'une mauvaise toile, avait été posé sur un brancard face à l'autel, et le chapelain se tenait agenouillé devant, en prière.

Le bruit lui fit lever la tête mais le baron lui signifia de ne pas bouger et alla soulever le drap.

Il eut un léger recul à la vue du corps et sa voix était sourde quand il se tourna vers Galeran.

– Regardez, chevalier ! Qui a pu faire ça ?

Galeran se pencha à son tour.

– C'est vous qui l'avez lavé, mon père ? demanda-t-il au chapelain qui s'était approché.

– Non, je pense que c'est sa mesnie, messire. Il était ainsi quand on me l'a amené.

– Merci, mon père. (Puis se tournant vers le baron :) M'autorisez-vous à l'examiner ?

– Oui, chevalier, dit le vieux seigneur. Non seulement je vous y autorise, mais je jure devant Dieu, et la Vierge qui habite en cette maison, de poursuivre et de châtier celui qui a fait ça !

– Pouvez-vous me laisser seul en la chapelle, baron, et en interdire l'entrée ?

Le baron fronça les sourcils :

– Je vous attendrai devant la porte et personne ne vous dérangera, chevalier.

Une fois le battant refermé, Galeran se tourna vers le cadavre et retira complètement le drap.

Le corps du jeune gars était entièrement nu et couvert de tant de plaies qu'on ne les pouvait dénombrer. Sa peau était livide, presque grise tant il s'était vidé de son sang.

Galeran promena sa paume sur le corps, examinant les lèvres et la profondeur de chaque blessure.

« Aucune de celles-là n'est mortelle, gronda-t-il. Celui qui a fait ça voulait d'abord la souffrance. »

Puis le chevalier souleva les paupières, comme s'il cherchait dans ce regard fixe et empli d'épouvante l'image de celui qui avait tué.

Entre les lèvres bleutées se voyait un tronçon de langue, murant à jamais le berger dans le silence et la douleur. Ses parties avaient été tranchées à la limite du bas-ventre, sans doute après qu'il fut déjà mort.

Galeran se redressa et se signa lentement. La tête lui tournait et le sang lui battait les tempes, tant sa colère était forte. Il saisit le drap et en recouvrit le corps, s'efforçant de respirer avec calme.

Pourtant, il avait déjà vu bien des cadavres et même des cadavres d'enfants, il n'y avait pas si longtemps, l'année précédente en Bretagne*. Mais ici, il y avait autre chose, une volonté de faire souffrir, une noirceur pire encore. Sa colère ne se calmait pas. Il sortit et, refermant la porte de la chapelle plus violemment qu'il n'eût voulu, aspira l'air vif.

Le baron, qui faisait les cent pas en l'attendant, vint le retrouver et le regarda d'un air interrogateur. Le chevalier secoua la tête, mais ne dit mot.

16

– Votre avis, Galeran ? demanda le baron dès qu'ils furent de retour dans la salle commune.

Le chevalier se dirigea vers la cheminée et, à l'invitation de son hôte, s'assit sur le banc de pierre. Le

(*) Voir *Noir Roman*

feu se mourait dans l'âtre, en larges braises rouges et noires.

Le vieux seigneur allait et venait de long en large, d'un air furieux.

– J'ai entendu parler de vos talents, chevalier. Bernard de Clairvaux m'en a même rebattu les oreilles. Il faut que vous m'aidiez à trouver le coupable ! Vous entendez, il le faut. Il y a dans ces deux morts-là chose que je ne puis tolérer.

– Je vous aiderai, baron.

La voix du chevalier était résolue. Sa réponse valait promesse et le baron le sentit.

– Dites-moi ce que vous en pensez.

– Je crois qu'il n'y a pas là, baron, contrairement à ce que dit votre intendant, meurtre de routier. Le premier gars était un enfant du pays ou bien, et c'est mon avis, un pèlerin. Dans tous les cas, un pauvre. Quant au deuxième, c'était un jeune berger, également un pauvre.

Le chevalier marqua un temps.

– Et puis, même en admettant que celui qui a tué ne voulait que manger ou voler quelques pièces, il y a les blessures…

– Quoi, les blessures ?

– Un routier aurait pu tuer pour se saisir d'une bourse ou d'un quignon de pain. Mais ces blessures-là ont été faites pour le sang !

– Que voulez-vous dire ?

– Aucune ne pouvait tuer, sauf la dernière. Mais je pense que le berger était mort avant, de souffrance et vidé de tout son sang, répondit Galeran d'une voix sourde.

– À qui avons-nous affaire alors ?

– À une bête malfaisante, baron, à une créature de

l'Enfer qui représente un danger mortel et doit, à ce que je pense, suivre le blanc chemin de Compostelle.

Le baron donna un violent coup de poing sur le linteau de la cheminée.

– Cette charogne a fait erreur en tuant sur mes terres ceux à qui je dois protection, que ce soit pèlerin ou berger, peu m'importe. Il paiera, foi de Peyre ! (Puis, comme calmé par ses propres paroles, le baron se tourna vers le chevalier :) Galeran, je peux donc compter sur votre bras ?

– Par Dieu, vous le pouvez, répondit Galeran avec gravité, j'en fais serment.

17

Cela faisait maintenant sept jours que les Jacquets avaient quitté Le Puy.

Au bout de quelques heures de marche, la cité de la Vierge avait disparu derrière eux comme un soleil que la mer engloutit et seul le souvenir de ses tavernes réchauffait encore les songes des pèlerins.

La longue colonne s'était étirée puis divisée. Des groupes s'étaient formés, chaque marcheur trouvant compagnon dont le pas était accordé au sien.

Les rares cavaliers avaient pris la tête, avant de disparaître, portés par les jarrets puissants de leurs destriers.

Et il s'était remis à neiger, une neige épaisse formant cloison de toile blanche, éteignant les chants et les rires.

Pendant ces sept jours épuisants, les pèlerins avaient successivement traversé les monts du Devès, les gorges de l'Allier, les sombres forêts du Gévaudan et les plateaux de la Margeride avant de rejoindre l'antique *via Agrippa* au pont des Estrets.

Le vent avait été si glacial que les vêtements s'étaient raidis sur les corps et que la sueur et le souffle s'étaient mués en givre sur les visages.

Quelques Jacquets, dont les pieds et les mains étaient nus, avaient vu bleuir leurs extrémités, qu'ils ne sentaient plus.

En entrant sur les terres du baron du Peyre, la tempête s'était un peu calmée.

Pour se redonner courage, les pèlerins avaient entonné de vigoureux chants de marche qu'accompagnait de loin en loin le son aigre d'un flûtiau.

18

Ce soir-là, le petit groupe dirigé par Humbert avait trouvé un gîte dans un prieuré bénédictin du bourg fortifié d'Aumont.

– Il vous faut bien dormir et manger votre content, avait dit le vieux Jacquet. Car demain sera jour difficile. Les forêts d'Aubrac recèlent autant de brigands et de loups que de troncs d'arbres.

Tous avaient obéi sans regimber, trop heureux d'avoir encore une fois trouvé un abri pour la nuit.

Quand Bruna se réveilla le lendemain, elle sentit

qu'il y avait dans l'air quelque chose de différent. Était-ce la froideur humide qui se glissait jusqu'à elle ou bien un mauvais pressentiment, un augure de malheur ?

Autour d'elle, sur des paillasses de foin, ses compagnons de route et d'autres pèlerins qu'elle ne connaissait dormaient encore, mais d'Humbert nulle trace.

La salle basse de l'hôtellerie était pleine et les moines — elle l'avait vu la veille — avaient logé des pérégrins jusque dans l'église Saint-Étienne.

La Farouche, qui dormait tout habillée, rejeta la couverture qui l'enveloppait et rajusta vivement ses braies dont elle avait dénoué la corde.

Assise au bord de sa paillasse, elle refit ses tresses puis regarda l'état de ses pieds. Elle n'avait point de plaies mais souffrait quand même de quelques cloques douloureuses. Suivant les conseils du Jacquet, elle les massa longuement avec un onguent à base de feuilles de noyer, d'orme et de sauge qu'il lui avait donné la veille.

Enfin, elle enfila ses chausses et glissa ses pieds dans ses courtes bottes de cuir. Il était temps de s'aller laver le visage et les mains.

Une petite auge, creusée à même le mur du couloir, était destinée aux ablutions des pèlerins. Le prieuré d'Aumont n'était guère riche et ne possédait pas d'étuves.

L'eau glacée fit frissonner Bruna qui serra sa cotte doublée de mouton autour d'elle. Ne voyant point remuer ses compagnons, elle sortit dans la cour d'un pas décidé.

Il n'y avait pas de soleil ce matin-là et le froid lui piqua la peau, comme autant de malfaisantes aiguilles.

Le ciel était d'un gris presque métallique et bas comme un mauvais plafond aux écailles de nuages.

Un étrange brouillard rampait sur le sol.

Humbert était là, déjà prêt, discutant avec le père hôtelier.

Elle s'approcha, vaguement inquiète de voir les deux hommes lancés dans un conciliabule si animé.

– Que se passe-t-il Humbert ? demanda-t-elle après avoir salué l'hôtelier.

– Il y a qu'il nous faut partir, Bruna, et vite. Rassemble nos compagnons. Le père hôtelier m'a dit que ce ciel chargé annonçait l'écir et que cette nèfle qui rampe à nos pieds bouchera bientôt notre vue.

– L'écir ? La nèfle ? Qu'est-ce donc ? demanda la jeune fille qui ne connaissait ces mots insolites.

– Ce sont les dangers de ce rude pays, la Farouche ! expliqua l'hôtelier. Il y a, par ici, des tourbillons de neige à nuls autres pareils, c'est l'écir ! Quant à la nèfle, c'est ce brouillard, qui rampe avant de se dresser et devient si épais qu'on ne voit plus même la pointe de ses pieds ni le compagnon qui marche à ses côtés !

– Je vais chercher les autres ! dit Bruna en faisant vivement demi-tour.

Quelques instants plus tard, sa maîtresse et la famille du maçon étaient prêts. Ils prirent un frugal repas en commun avec les moines, puis quittèrent d'un bon pas l'abri des murailles d'Aumont.

19

Au début, tout allait à peu près. Ils avaient pénétré dans la forêt, suivant toujours la *via Agrippa*.

De chaque côté de la chaussée de pierres, s'alignaient

les fûts des hêtres et des alisiers. Les branches étaient chargées de neige et partout régnait un lourd silence. Même les oiseaux s'étaient tus.

Bruna suivait des yeux un groupe de pèlerins, partis en même temps qu'eux d'Aumont, et qui les distançaient rapidement. C'était une dizaine d'hommes jeunes et forts, dont l'allure ne se pouvait comparer à celle du groupe d'Humbert, ralenti notamment par Bérengère. La femme du maçon avait du mal à suivre et tantôt son mari, tantôt son fils, la soutenait.

Quant à la compagne de Bruna, elle avançait avec une régularité presque inhumaine, toujours à la même vitesse, quoi qu'il arrive et quel que soit le terrain, faisant des pas petits, mais égaux.

Depuis leur départ du Puy, Humbert marchait devant Bruna. Ces deux-là, aussi vifs l'un que l'autre, aimaient à rester en tête.

Le vieux Jacquet menait son groupe avec rudesse mais hésitait rarement sur le chemin à emprunter. Il s'arrêtait parfois, observant une croix de bois, le lichen d'un arbre ou une pierre, puis repartait droit devant lui, de l'allure de quelqu'un qui sait où il va.

Ils avaient passé le roc des loups, haute colline entourée de forêts. Derrière eux, Bruna avait entendu l'écho d'un chant de marche : d'autres pèlerins les allaient sans doute rattraper.

Ils s'étaient enfin arrêtés aux maisons de Rieutort pour mâcher des lanières de viande séchée et un peu de pain rassis.

Pendant qu'Humbert discutait avec les paysans, Bruna et Garin étaient partis remplir les calebasses à la rivière tortueuse qui donnait son nom au petit village.

Village était d'ailleurs un bien grand mot pour ces cinq maisons longues et basses, aux toits couverts de lauze.

– Bruna, dit soudain Garin, crois-tu que nous allons rencontrer des brigands ?

La Farouche sourit :

– Je ne le souhaite point, Garin, mais nous verrons bien. De toute façon, nous sommes trop pauvres pour les intéresser.

– Cela n'est point vrai, damoiselle ! dit une voix que Bruna reconnut aussitôt.

Elle se tourna vivement, manquant lâcher sa calebasse. C'était le troubadour qui avait partagé sa chambre à l'auberge du Puy.

« Il a changé de tête, songea-t-elle. Sans doute à cause de cette barbe qu'il se laisse pousser comme la plupart des Jacquets qui ne la peuvent raser à cause du froid. Et puis, cette façon qu'il a de vous toiser ! »

– Vous vous souvenez de moi, on dirait ! Mais je ne pensais vous faire tant d'effet, gente damoiselle, remarqua Ronan avec une expression moqueuse.

– Qui êtes-vous et que lui voulez-vous ? demanda Garin en se dressant aux côtés de Bruna.

– Oh, mais je vois que vous avez trouvé un chevalier servant, bien qu'il soit encore un peu jeune pour vous défendre…

Le jeune homme rougit de colère et s'apprêtait à répliquer mais Bruna lui posa la main sur l'épaule :

– Ce n'est rien Garin, cet homme n'est qu'un troubadour, un traîneur de cabaret !

– La présentation n'est guère flatteuse, rétorqua Ronan. Mais je me charge de vous faire changer d'avis à mon sujet, sauvage damoiselle.

– Morbleu, je n'ai pas plus envie d'avoir affaire avec vous ici qu'au Puy ! Et d'abord, que faites-vous là ?

– Je vous suis, bien sûr ! rétorqua Ronan avec aplomb, car vous m'avez volé quelque chose !

– Moi, vous voler quelque chose ? cria Bruna. Elle est bonne celle-là, messire de la plate besace !

– Cruelle princesse ! Belle et fière comme Makeba qui vola son cœur au grand roi Salomon !

– Je connais vos sornettes, pardine ! Gardez-les pour des filles qui ont la tête aussi folle que vous !

Voyant les sourcils de la jeune femme se froncer, Ronan se hâta d'ajouter :

– Du calme, damoiselle, du calme, je fais tout bonnement comme vous et comme tous ces gens, je vais à Compostelle.

– Vous, un troubadour ! dit Bruna qui ne tenait guère en haute estime les paresseux qui passaient leur vie à chanter.

– Damoiselle, sachez que les troubadours sont hommes comme les autres et peuvent faire pénitence et acte de foi tout autant qu'eux.

Sur ces paroles dites avec force, Ronan se détourna. Cette fille, de toutes les façons, avait le don de lui faire bouillir les sangs !

Quand Humbert repartit, son groupe s'était soudé avec celui de Ronan, composé, en plus de lui, de deux robustes bourgeois.

Le troubadour, qui avait pris la tête avec le Jacquet et Bruna, avait entonné un vigoureux :

« Errante voy, soy peregrino,
como un extrano voy en mi camino.

Un nuevo pueblo en marcha va luchando aqui
por la esperanza de un ciudad de Dios que vendra ! »

« Je suis le pèlerin qui va errant,
comme un étranger, je suis sur mon chemin.
Un nouveau peuple en marche va luttant ici,
dans l'espérance d'une cité de Dieu qui viendra. »

Humbert sourit et reprit ce chant qu'il aimait. Les bourgeois et le père de Garin firent de même et Bruna se surprit à répéter ces paroles dont elle ne comprenait pas le sens et auxquelles Ronan donnait tant de passion.

C'était la première fois qu'elle l'entendait chanter. Il avait l'une de ces voix rauques qui vous prennent aux entrailles et les nouent dans des émotions qu'elle ne s'expliquait pas.

Tandis qu'ils avançaient, oubliant ainsi leur fatigue, le paysage changeait.

La forêt disparaissait peu à peu, laissant la place à une vaste plaine blanche, semée d'énormes blocs de granit gris.

20

Ils venaient de passer le pont de Marchastel et deux autres pèlerins s'étaient joints à eux : un homme aux allures de clerc et un jeune berger. Ronan continuait à chanter et tous marchaient avec davantage d'entrain.

C'est à ce moment qu'ils se trouvèrent face à un mur. C'est du moins l'impression que cela leur fit.

On aurait dit que le brouillard les avait attendus là, qu'il s'était massé pour leur barrer la route. Vu d'où ils étaient, il paraissait aussi solide qu'une muraille de granit.

Les chants s'éteignirent ; seul Ronan continua à fredonner.

Puis le vent se leva. Un vent violent et glacé, un vent qui venait du nord et qui portait la neige dans ses flancs.

– Toi qui connais la route, Humbert, que devons-nous faire ? demanda Ronan soudain sérieux.

– Nous sommes dans un passage difficile, répondit le vieux Jacquet, le front barré d'une ride soucieuse. Et il faut faire vite, l'écir arrive. Nous risquons de nous perdre dans le brouillard, voire de nous perdre les uns les autres.

– Encordons-nous ! proposa Ronan. En Orient, pendant les tempêtes de sable, c'est ainsi que font les infidèles.

Humbert eut un petit sourire et lui répondit avec étonnement :

– Tu as ma foi raison, troubadour, je m'en souviens. (Puis plus haut :) Tout le monde a une ceinture, une corde ou une lanière ?

– Oui, répondit Guillaume.

– Nous aussi, dirent Bruna et les bourgeois.

– Pas moi, dit le berger qui les avait rejoints.

– Prends ton bâton et donnes-en le bout à un autre.

Et ainsi noués les uns aux autres, ils repartirent, s'enfonçant dans le brouillard qui les cacha à la vue.

La neige s'était mise à tomber et, par un étrange phénomène, dansait autour d'eux, les enveloppant de son souffle humide.

« Le père hôtelier n'a point menti, songea Bruna en se courbant sous la violence des bourrasques. Même par chez moi, à Nérestang, je n'ai connu de tels tourbillons de neige. »

La Farouche tenait la lanière d'Humbert et tirait sa compagne. Soudain, elle trébucha sur le vieux Jacquet qui s'était brutalement arrêté.

– Qu'est-ce…

– Silence tous ! gronda le vieux.

On n'entendait que le vent qui gémissait et des grincements et… comme un bruit d'eau vive.

Bruna tendit l'oreille. Ce qu'elle perçut n'était pas le gémissement du vent : elle était sûre que c'était celui d'un être humain.

Ils s'étaient serrés les uns contre les autres et se taisaient. Ils sentaient planer une menace mais ne la voyaient pas. Bérengère se mordit la main pour ne pas crier.

Bruna sortit lentement son coutel et attendit, le tenant fermement serré entre ses doigts. Elle sentit que Ronan avait fait de même et s'était rapproché d'elle.

On n'entendait plus rien d'autre que le vent qui rugissait et l'eau qui coulait.

Humbert avait levé son bâton et murmura au troubadour qui se tenait à ses côtés :

– Il faut aller voir. Il y a là un blessé ou un mourant, c'est un râle humain que nous avons entendu.

Ronan le retint, lui posant la main sur le bras.

– Pas vous, Humbert ! Je vais y aller, moi. Vous connaissez le chemin. Sans votre aide, notre groupe serait perdu. De quel côté faut-il aller ?

– Par là, il me semble, dit le Jacquet en tendant son bâton ferré vers la droite. C'est de là que venait la plainte. Faites attention : si mes souvenirs sont bons, nous ne devons être loin de la cascade du Déroc. Elle chute d'une haute falaise.

– Ne vous inquiétez, Humbert. Quels sont les oiseaux que l'on entend par ici ?

Humbert hocha la tête :

– Vous me semblez plus homme de guerre que de rebec, troubadour. Quel est votre nom ?

– L'un n'empêche pas l'autre. Vous êtes vous-même plus croisé que Jacquet, ce me semble. Appelez-moi Ronan, cela suffira. Alors quel cri ?

– La dame blanche, et par trois fois, répondit Humbert.

– Bien.

Et le jeune homme disparut dans le brouillard.

21

Humbert les avait fait mettre en cercle, plaçant au milieu les femmes qui se mirent à prier. Chacun des hommes, le visage tendu, l'oreille aux aguets, tenait solidement son bâton ferré à deux mains.

Le vent leur giflait le visage mais ils n'en avaient cure. Ils fixaient ce mur gris autour d'eux, y projetant les chimères et les dragons de leurs cauchemars, à défaut d'y distinguer quelque chose.

Soudain une pierre roula sur leur droite.

Humbert serra les dents mais un hululement retentit par trois fois. C'était Ronan, mais un Ronan au visage blême, qui surgit du brouillard.

– Qu'y a-t-il ? murmura Humbert.

– Venez ! Il n'y a plus rien à faire mais ce n'est pas la peine que les autres voient ça.

– Restez en cercle et ouvrez l'œil, grommela le Jacquet en suivant le troubadour.

Quand il trébucha sur le premier corps, il comprit pourquoi Ronan était si défait.

À ses pieds, gisait un corps décapité, puis un autre et un autre encore. C'était une vraie hécatombe. La neige était rouge de sang versé. Il y avait là une dizaine de pèlerins assassinés et soudain, Humbert les reconnut.

C'était le groupe qui était parti du prieuré d'Aumont en même temps qu'eux. Ces hommes, dont il enviait le matin même la force et la jeunesse, avaient tous été massacrés.

– Vous les connaissez ? demanda Ronan en voyant l'étrange expression du vieil homme.

– Ils ont fait halte au même endroit que nous, à Aumont.

– Nous avons dû entendre le cri de celui-là quand il a rendu l'âme, dit Ronan, penché sur le corps d'un des pérégrins. Il n'a pas eu la tête tranchée mais le flanc percé par une lame. C'est sans doute le brouillard qui a empêché ses assaillants de l'achever.

– Retournons vers les autres, Ronan. Ceux qui ont fait ça ne doivent pas être loin.

À leur arrivée, les visages angoissés de leurs compagnons se tournèrent vers eux.

Humbert leva la main pour leur faire signe de se taire et murmura :

– Il y a danger, mes amis. Des brigands sont tout près d'ici. Notre seule sauvegarde est le silence et le brouillard.

– Que s'est-il passé ? murmura la Farouche à l'oreille de Ronan.

Le jeune homme planta ses yeux clairs dans ceux de la Farouche et lui murmura :

– Vous me faites soudain bien de l'honneur de m'adresser la parole. Je ne vous répondrai que si je sais votre nom, damoiselle.

– Je suis Bruna la Farouche, vous le savez bien ! jeta la jeune femme avec colère. Répondez-moi !

– Il y a eu embuscade, dit Ronan d'un ton plus grave. Dix pèlerins ont été tués, mais ne le répétez. Ce n'est pas la peine d'affoler nos compagnons.

– Pourquoi me le dites-vous alors ? dit la jeune femme qui avait pâli.

– Je ne vous crois pas capable d'affolement, gente Bruna, dit le troubadour en tournant les talons.

La petite colonne s'ébranla en silence. Le grondement de la cascade était de plus en plus fort. Elle devait être tout près.

Humbert avait du mal à s'orienter. Depuis qu'ils étaient repartis, il avait l'impression de tourner en rond. Enfin le sol résonna différemment sous leurs pas ; il s'agenouilla, repoussant la neige de ses mains et découvrant une large dalle de pierre.

Ils avaient regagné la *via Agrippa*, ils étaient à nouveau sur la bonne route.

À moins que… à moins que les brigands ne reviennent et ne les exterminent.

Humbert leva la main et toute la troupe se figea.

Au sein du grondement de la tempête venait un grondement plus fort encore. Celui des sabots d'une troupe à cheval qui se dirigeait droit sur eux.

– Écartez-vous, écartez-vous, cria Humbert avec désespoir.

Il n'était que temps. Le grondement assourdissant emplit l'air.

Le sol gelé tremblait sous leurs pieds et soudain, crevant le rideau de brouillard, apparut une quinzaine de cavaliers armés de longues javelines.

Les lourds destriers étaient caparaçonnés pour la guerre et portaient manteaux de cuir et protections de métal sur les naseaux.

Humbert poussa un drôle de soupir et éclata de rire. Ronan le regarda avec effarement : avait-il perdu la tête ?

Puis il se tourna vers les cavaliers qui s'étaient arrêtés à quelques pas d'eux et comprit.

Ils étaient tous ceints de l'épée et portaient sur leurs broignes un long mantel orné d'une croix bleue à huit pointes.

– Les chevaliers de la Dômerie d'Aubrac, les chevaliers d'Adalard, dit Humbert en tapant sur l'épaule de Ronan. Nous sommes sauvés !

22

Après avoir entendu le récit d'Humbert, les chevaliers décidèrent qu'il était plus urgent de s'occuper des vivants que des morts et les guidèrent à travers la tourmente vers la Dômerie d'Aubrac.

Ils s'occuperaient des brigands plus tard.

Les pérégrins approchaient du but : un son grave et

monotone leur parvenait, mêlé au mugissement du vent.

– C'est l'appel de notre cloche, expliqua l'un des chevaliers qui marchait aux côtés de Ronan et avait laissé sa monture aux femmes. Les jours de tempête, elle sonne sans s'arrêter de jour comme de nuit, c'est la cloche des perdus. Grâce à elle, beaucoup d'égarés ont été sauvés de la tempête et du froid.

Enfin, ils distinguèrent à travers le brouillard la silhouette longue et basse d'un mur d'enceinte. Les chevaliers se dirigèrent vers un portail aux vantaux largement ouverts, gardé par deux hommes armés de javelines. Le petit groupe entra dans une vaste cour. Ils étaient arrivés.

La Dômerie d'Aubrac comprenait, en tout et pour tout, deux bâtiments de granit et de bois, une tour clocher, des écuries et un four.

– L'un des bâtiments, expliqua le chevalier, est l'auberge des pérégrins, l'autre l'hospitalet.

Les pérégrins pressèrent le pas, comme s'ils craignaient que le miracle inattendu de cette hospitalité ne se dissipe dans la brume.

Une fois les voyageurs confiés aux bons soins des frères, les chevaliers talonnèrent leurs destriers et firent demi-tour, s'enfonçant à nouveau dans la neige en quête de pérégrins égarés. Ils ne s'arrêteraient qu'à la nuit venue.

À l'entrée de l'auberge, les attendait une dame entourée de deux servantes.

Bien que vêtue fort simplement d'une longue robe de drap cousue de la même croix bleue que les chevaliers, tout en elle dénotait une haute naissance.

– Soyez les bienvenus à la Dômerie, dit-elle en

s'inclinant. Avez-vous quelque blessé parmi vous, mes frères ?

– Que non pas, dame Amandine, dit Humbert en passant devant ses compagnons et en s'inclinant très bas devant elle.

– Encore un pèlerinage, sire Humbert ! Mais je vois que vous êtes en plus vaillante forme à chaque fois !

– Ne vous moquez point, ma dame, mais que Dieu vous entende ! C'est toujours une joie de vous revoir, ajouta-t-il en la saluant galamment.

– Entrez, entrez ! Vous êtes transis. Combien êtes-vous ?

– Nous avons avec nous trois dames et sommes huit hommes.

Les pèlerins pénétrèrent dans une vaste cuisine voûtée, chichement éclairée par une seule longue et étroite fenêtre.

Jamais lieu n'avait semblé plus chaleureux que celui-là à Ronan et à ses compagnons de voyage.

Ils regardaient autour d'eux, de cet air un peu égaré que produisent une intense fatigue et pas mal de souffrances endurées.

Une énorme cheminée réchauffait la salle de ses hautes flammes. Des torches étaient fixées aux murs et l'endroit leur parut plus doux qu'un coin de Paradis.

D'un grand chaudron montait une bonne odeur d'oignons et de lard. À une longue table soupaient trois pèlerins et un chevalier, qui saluèrent les arrivants d'un signe de tête avant de continuer à manger voracement.

Les deux petites servantes les firent tous asseoir sur des bancs près du feu, et l'une d'elles ôta doucement des mains de Bérengère la sacoche qu'elle tenait convulsivement serrée contre elle.

Puis, dame Amandine vint vers eux, tenant à bout de bras une bassine emplie d'eau fumante.

Elle s'agenouilla devant la femme du maçon ; elle la déchaussa et lui lava les pieds dans l'eau chaude avant de les sécher avec un linge. La malheureuse, les yeux mi-clos, se laissait faire sans protester tant sa fatigue était grande.

Ce fut ensuite le tour de Garin.

Le jeune homme ouvrait des yeux ronds, n'osant résister à tant d'humilité et de douceur. Jamais, au grand jamais, il n'eût pu imaginer qu'une belle dame, une vraie dame, lui lave les pieds, comme il est dit dans la Bible.

Une autre femme, plus âgée, était venue rejoindre Amandine, et quand ils eurent tous les pieds lavés et séchés, elle les invita à porter leurs bagages sur leurs paillasses.

Un moine passa prendre les mantels souillés pour les emmener nettoyer.

Une échelle menait à l'étage où se trouvaient deux chambres pour les pèlerins et une pour les moines.

– Nous pourrons mettre quatre de vos compagnons dans une des chambres de l'étage. Quant aux autres, ils trouveront place en l'hospital. Je prendrai les dames avec moi. Trois pérégrines, c'est si rare, dit Amandine en se tournant vers Bruna.

Intimidée, la Farouche rougit et demanda :

– Vous travaillez donc ici, ma dame ?

Dame Amandine sourit avec gentillesse :

– Oui, jeune damoiselle, nous avons en l'étage de l'hospital « Chambre des dames ». Nous sommes trois dames de qualité, à servir ici notre Seigneur en la personne de ses pèlerins. Mais qu'a donc votre compagne, mon enfant ? Est-elle mal en point ou blessée ?

L'œil exercé de dame Amandine avait remarqué l'étrange attitude de la femme qui se tenait aux côtés de la Farouche.

– Que non pas, ma dame. Elle est toujours ainsi. C'est pour ça qu'elle fait ce pèlerinage, rétorqua Bruna.

– Comment la nomme-t-on ? demanda dame Amandine avec douceur.

– …

– N'a-t-elle donc point de nom ?

– Si fait, ma dame. Son nom est dame Freissinge, murmura Bruna, dame Freissinge d'Apchon.

Dame Amandine s'approcha et fit doucement glisser la capuche qui masquait les traits de la femme.

La lumière éclaira un visage délicat surmonté d'un brun chignon tressé. Un visage sculpté dans une cire translucide où rien ne bougeait, pas même le regard aux minuscules prunelles noires.

Bruna se précipita et abaissa vivement la capuche.

– Pardonnez ma dame, dit-elle, mais il ne le faut.

Dame Amandine avait froncé les sourcils ; elle regarda Bruna puis murmura :

– Il vous faudra me parler, damoiselle. Cette femme me semble possédée par quelque mal. Ce fardeau-là me paraît bien lourd pour des épaules aussi frêles que les vôtres. Et vous la voulez donc mener ainsi jusqu'à Compostelle ?

– J'en ai fait le serment à mon maître ! déclara Bruna.

– Savez-vous que déjà, y arriver seule est bien dur, damoiselle ? Mais là, c'est comme si vous portiez plus qu'un enfançon. Elle ne saura prendre garde à elle-même s'il vous arrivait malheur.

– Je sais tout cela, ma dame, mais je serai forte et le Seigneur m'aidera.

Dame Amandine regarda le petit visage décidé de la Farouche et murmura :

– La force n'est pas tout, damoiselle, et avec une femme comme celle-là, il vous faudra prendre garde plus souvent qu'à votre tour. Mais je ne veux vous faire perdre courage, je sens que vous tiendrez votre serment quoi qu'il advienne. (Puis se tournant vers le vieux Jacquet :) Messire Humbert, comme vous connaissez bien notre maison, menez à l'hospitalet trois de vos compagnons. Il y reste de la place près de la chapelle. Pendant ce temps, nous préparerons les écuelles pour votre repas.

– Grand merci, ma dame !

– Ma sœur Isabelle va vous conduire, mes dames, dit encore Amandine. Si vous voulez vous changer, vous le pourrez et je vous le conseille. Elle prendra vos chainses et vos braies et vous prêtera des cottes propres pour venir manger. Demain, nous vous rendrons vos affaires comme neuves.

Bruna s'approcha d'Amandine et lui saisit les mains, les pressant dans les siennes avec ardeur avant de se détourner, les larmes aux yeux.

Ronan, qui avait observé la scène, s'approcha d'Humbert.

– Je vous accompagne à l'hospital, si vous n'y voyez d'inconvénient.

– Non aucun, au contraire. Et Guillaume et Garin vont venir avec nous.

Le maçon et son fils acquiescèrent.

Ils avaient encore le visage bleui par le froid et le poil ruisselant de givre, mais l'éclat de leurs yeux s'était rallumé. Leur fatigue avait fondu comme mauvaise neige à la chaleur de l'âtre.

23

Le vieil Humbert aimait cet endroit.

– Je me sens chez moi, ici, et je crois que j'y pourrais finir ma vie, si Dieu et dom Guiral voulaient bien de moi, expliqua-t-il à Ronan.

Il conduisit ses compagnons à l'hospital de la Dômerie comme s'il en était parti de la veille, leur montrant au passage l'écurie, le four et la petite poterne de l'enceinte. Puis il poussa une lourde porte et laissa passer ses compagnons.

La salle voûtée du rez-de-chaussée de l'hospital était divisée en deux vastes pièces. L'une d'elles était un dortoir pouvant accueillir une quinzaine de malades, séparé de la chapelle par une légère balustrade de bois sculpté. À côté, une petite chambre était réservée aux chevaliers et aux religieux. Dans l'autre partie, il y avait une cuisine avec un bon feu et un lavoir, où trempaient les vêtements souillés des pèlerins.

Ronan, qui souvent raillait la richesse des églises, trouva en la Dômerie plus de beauté qu'en aucun autre lieu sacré. Et pourtant, que de dépouillement ! Tout était fait pour servir les pérégrins et survivre dans un pays qui portait bien son nom d'Aubrac, *« Alto bracum »*. Un lieu élevé où l'homme n'était point le bienvenu, surtout en ces rudes mois noirs.

La chapelle, que les malades pouvaient voir de leurs paillasses, était vide de tout meuble. Il n'y avait là en guise d'autel qu'une pierre de granit sur laquelle dansait la petite flamme d'une lampe à huile.

Au mur était suspendue une grande croix de bois à huit pointes, symbole des chevaliers de la Dômerie.

Isabelle conduisit les femmes à l'étage. Là se trouvaient les huit cellules réservées aux grands malades et aux infirmes, la chambre des Dames et la chambre du dom d'Aubrac, l'abbé de la Dômerie.

Depuis la mort, en 1135, du vicomte flamand Adalard, fondateur de la Dômerie, l'assemblée des dames, des moines et des chevaliers avait désigné le jeune frère Guiral pour lui succéder et diriger la petite communauté.

Très versé en sciences et en lettres, dom Guiral passait ses jours à servir les pèlerins et ses nuits à soigner ou à étudier. Il avait entendu les hennissements des destriers dans la cour et sortit de sa chambre pour saluer les nouveaux venus. Le visage carré, les cheveux blonds taillés en courte brosse, dom Guiral était un religieux dont l'allure et la vigueur d'homme de guerre étaient démenties par un regard empreint de douceur.

Il accueillit Humbert avec un large sourire et donna l'accolade aux quatre hommes, saluant chacun comme s'ils l'avaient quitté la veille. Puis voyant les femmes, il s'inclina respectueusement devant elles :

– Comme il est bon de voir des pérégrines en ces lieux, dit-il. Vous êtes ici chez vous, mes amis, et, devant Dieu, nous sommes vos serviteurs.

24

Ronan se souvint longtemps de cette nuit-là.

Le dortoir était plein. À ses côtés dormaient Humbert, le maçon et son fils. Et tout autour d'eux gisaient des pèlerins que la fièvre faisait délirer, des blessés, des accidentés, des gens si épuisés qu'ils en restaient inertes, comme morts au creux de leurs couches.

La nuit n'était pas encore venue que Ronan sombrait dans un profond sommeil.

Puis il se réveilla en sursaut. Il avait entendu un bruit de sabots et les hennissements des bêtes… C'étaient les chevaliers qui rentraient.

Après avoir rapidement mangé dans la cuisine, ils étaient entrés à la chapelle pour prier avant de gagner leur dortoir.

Ronan s'était rendormi les yeux fixés sur la petite flamme qui dansait sur l'autel.

De temps en temps, un gémissement le tirait vaguement de son sommeil : c'était un malade qui appelait.

La silhouette d'un moine accourait alors, passant de l'un à l'autre, distribuant onguents et potions.

Au-dessus de lui, Ronan imaginait dom Guiral courbé sur ses grimoires et la chambre des dames. Est-ce que la Farouche dormait, cette maudite drôlesse ? Il sourit, il se sentait bien, comme s'il était chez lui ; lui, le vagant, l'errant.

Et la nuit passa.

25

Une aube grise s'était levée. Après l'office, les Jacquets étaient passés au réfectoire. Il restait de la soupe au lard et du pain. Les chainses et les mantels étaient propres et encore chauds de l'âtre où ils avaient séché tant bien que mal.

Il leur fallait partir maintenant et laisser la place à d'autres.

Quand la Dômerie disparut de leur vue, les pérégrins sentirent un pincement au cœur comme s'ils venaient de quitter leur foyer, et sans doute était-ce un peu vrai.

Ce qu'ils ne savaient, c'est qu'ils laissaient derrière eux, étendu sous un tas de neige au pied de l'enceinte, un jeune novice au corps mutilé.

TROISIÈME PARTIE

« In loco horroris
et vastae solitudinis... »

[En ce lieu d'horreur et de profonde solitude.]

Phrase du Deutéronome,
gravée au fronton
de la Dômerie d'Aubrac

26

En attendant le retour du messager envoyé aux Estrets, le baron de Peyre rongeait son frein. Quant à Galeran, la prédiction de la Mauresque lui revenait sans cesse en mémoire et son imagination le travaillait beaucoup trop à son gré. Pour passer le temps, le vieux seigneur l'avait convié à une partie d'eschets.

Les deux hommes s'étaient assis face à face, devant la grande cheminée de la salle basse. Un écuyer leur apporta l'échiquier et disposa devant eux les figurines peintes.

Comme beaucoup de guerriers, le baron affectionnait ce jeu rapporté d'Orient par la première croisade. Il y avait initié nombre de ses féaux, qui lui venaient disputer partie.

Il s'y mouvait d'ailleurs aussi furieusement que sur un champ de bataille, massacrant autant de pièces qu'il le pouvait avant d'encercler le roi adverse dans un angle de l'échiquier et de se lever en criant victoire.

Galeran, imperturbable, ne quittait l'échiquier des yeux. Au bout d'un moment, il sacrifia délibérément un aufin, puis profitant de l'étonnement du baron, attaqua avec son roch et son chevalier. Le mat était inévitable et le vieux seigneur, qui n'aimait guère à perdre ni aux joutes ni aux eschets, fronça les sourcils d'un air courroucé :

– Il n'y a que de vous que je puisse accepter si rapide défaite, chevalier, dit-il d'un ton rogue.

– Il n'y a point là de défaite, messire, juste une passe d'armes, et c'est un plaisir de jouter avec vous.

Un écuyer entré en hâte interrompit cet échange de propos aigres-doux :

– Le messager est rentré, messire baron, et le seigneur Baudri vient d'arriver et demande à vous voir.

– Fais d'abord venir le messager. Je recevrai Baudri ensuite.

Le cavalier, le visage bleui par sa course, s'inclina vivement devant le baron :

– Hélas, messire, je ne vous rapporte guère de nouvelles. Nulle mesnie dans les villages autour du péage n'a perdu de jeune gars comme celui qu'on a trouvé aux Estrets. Ainsi que vous me l'avez demandé, je suis remonté jusqu'à Saint-Alban puis ai cravaché jusqu'à la Chaze. Personne ne m'a signalé de disparition, même dans les maisons isolées à plusieurs lieues du péage.

– Autant dire que nous ne savons rien de plus ! grogna le baron dont l'œil luisait de colère.

D'un geste vif, il congédia le messager, puis se tournant vers le chevalier qui était resté silencieux pendant ce bref échange, il s'écria :

– Mort de ma vie ! Tout cela ne me plaît guère et je ne sais que penser ni que faire… Quel est votre avis, Galeran, vous qui êtes versé en ce genre d'énigmes ?

– Pour ma part, répondit le chevalier, je suis presque sûr que le mort des Estrets était parmi les pèlerins, qu'il était pèlerin lui-même ! Et Marchastel est aussi sur le chemin des Jacquets. Il y a là une coïncidence qu'on ne peut nier.

– Oui, mais pourquoi sur mes terres, Galeran ? Suis-je visé en tout cela ? Quelque vengeance contre ma personne ?

Le chevalier secoua la tête :

– Je ne le pense pas, baron, à moins que vous me cachiez quelque fait d'importance.

– Foutre non, vous savez bien comme je suis, je ne sais point mentir ! cria le baron en assénant un rude coup de poing sur l'échiquier, dont les pièces allèrent rouler sur le sol dallé. Mais, par le sang, quelle est cette nouvelle engeance vomie par les Enfers ?

Le chevalier ne répondit pas. Son regard s'était posé sur l'aufin qui avait roulé à ses pieds. Le fou des eschets, son visage de bois fendu par la chute, le fixait de ses yeux peints.

– Un fou, messire, murmura Galeran, ou un être à deux visages, comme cet aufin fendu par le travers.

– Messire Baudri, annonça l'écuyer en s'effaçant pour laisser passer un vieux chevalier, vêtu d'un long mantel de voyage souillé de boue et de neige.

Le visage du baron s'éclaira en le voyant :

– Ah, Baudri, mon cousin, il est bon de vous revoir.

Le chevalier s'agenouilla devant le baron, qui le releva et lui donna une franche accolade.

– Galeran de Lesneven, chevalier breton, en qui j'ai placé ma confiance, dit le baron en présentant son invité.

Après que les deux hommes se furent salués, un écuyer déplia un autre faudesteuil et ils s'assirent devant la cheminée.

– Il est rare, Baudri, que vous vous présentiez devant moi en cet état. Vous avez encore votre mantel de voyage, savez-vous ? plaisanta le baron.

Baudri sursauta et se leva vivement, jetant son mantel à l'écuyer. Son visage était grave :

– Messire baron, comme vous le savez, je viens du Puy où j'ai assisté à la messe pascale.

– Oui, je sais votre franche amitié pour l'évêque Pierre III et le soin que vous mettez à ne point manquer ses offices. Mais ce n'est point cela qui vous donne cette mine soucieuse ?

– Que non pas. J'ai quitté la cité de la Vierge le lendemain du départ des pèlerins. À l'évêché, on ne parlait que de deux très graves affaires.

– Allez au but, mon ami ! s'exclama le baron qui s'impatientait déjà.

– Deux morts ont été trouvés, messire. Des morts qui donnent fil à retordre aux hommes de l'évêque, surtout le second.

– De qui s'agit-il ?

– Le premier, on le connaît, car ses compagnons ont identifié son corps. C'est un seigneur du pays d'Auxerre.

– Un jeune homme ?

– Que non pas, un homme fait.

– Comment est-il mort ? demanda Galeran.

– Proprement égorgé. On pense que c'est là forfait de détrousseurs. Il n'avait plus ni sa bourse ni son sceau.

– Et l'autre ?

– L'autre, c'est un gars d'une quinzaine d'années, qu'on a trouvé le long des remparts, faubourg Saint-Jacques.

– Son corps n'était plus qu'une vaste plaie, tant il portait de traces de coutel, et on lui avait tranché la langue et les parties nobles, n'est-ce pas ? dit doucement Galeran.

– Comment le savez-vous ? demanda Baudri interloqué.

– Nous avons eu deux morts sur mes terres ! gronda le vieux seigneur en ne laissant au chevalier le temps de répondre. Deux morts pareils, assaisonnés de la même façon. Ah Galeran, Galeran, vous auriez donc vu juste !

– Je me suis arrêté à Marchastel… Vous voulez dire que le berger qu'on a trouvé… dit Baudri.

– Oui, répondit sèchement le baron.

27

Galeran s'était excusé auprès des deux hommes, les laissant aux affaires de leur domaine.

Il était profondément troublé et l'inaction lui pesait. Il ne pouvait rester tranquillement à attendre que d'autres meurtres soient commis, il fallait qu'il agisse.

Une fois monté à sa chambre, il s'assit au bord de sa couche et, fouillant dans sa sacoche, en sortit une tablette de bois enduite de cire et un stylet.

Cela faisait déjà quelques années qu'il avait adopté ce type d'écritoire, que les moines astreints à la règle de silence aimaient à utiliser.

Cette tablette lui permettait de mettre ses idées au clair et soulageait son esprit encombré d'une foule de détails qui devenaient indices, puis preuves au creux de la cire blanche. Ensuite, il effaçait tout, et la tablette restait vierge jusqu'à une prochaine enquête.

Galeran inscrivit tout d'abord le nom du Puy Sainte-Marie, puis celui des Estrets et de Marchastel : trois lieux, trois cadavres.

La prédiction se réalisait, du sang souillait le blanc chemin qui menait à Compostelle, un tueur suivait la « voie lactée ».

Le stylet s'enfonça plus profondément dans la couche tendre : Galeran dessinait maintenant un labyrinthe dont le centre était Compostelle, le champ de l'étoile.

« Il est caché au milieu des pénitents, et quelle meilleure cachette que ce peuple désarmé qui marche vers la Galice ! Seulement, comment le retrouver ? Les seuls indices qu'il laisse sont, pour l'instant, ces cadavres qui jalonnent les étapes. »

Vu le temps écoulé entre les différents meurtres, Galeran avait l'intuition que le monstre tuait avec régularité tout en continuant son chemin comme les autres Jacquets. Seulement s'était-il attaché à un groupe de pérégrins ou était-il marcheur solitaire ? Il y avait des avantages et des inconvénients dans les deux cas.

En groupe, il attirerait moins l'attention mais pouvait avoir une attitude qui surprenne ses compagnons de route. Solitaire, il serait plus difficile à attraper mais il aurait aussi plus de mal à obtenir la confiance des pérégrins qu'il rencontrerait…

D'un coup de stylet rageur, le chevalier effaça les noms gravés dans la cire. Il n'arrivait à calmer la colère qui l'habitait, la colère et peut-être aussi, et pour la première fois, un terrible sentiment d'impuissance. Les paroles de la Mauresque résonnaient encore à ses oreilles comme une fatalité : « Ils se mouraient et tu n'y pouvais rien. »

Cette partie d'eschets se jouait sur un échiquier géant,

un échiquier à l'échelle d'un royaume. Un échiquier où, pour le moment, le tueur menait le jeu, éliminant les pièces avec régularité comme un joueur méthodique.

Le baron lui avait dit que la *via Agrippa* menait les pèlerins jusqu'en Aubrac. Il lui fallait partir là-bas, et le plus tôt serait le mieux, car il sentait que ce meurtrier-là ne prendrait guère de repos : il avait trop de plaisir à tuer.

Galeran enveloppa sa tablette et son stylet dans un linge et jeta le tout dans sa sacoche.

Il ôta son bliaud, enfila sa broigne et une épaisse tunique de cuir, dont la capuche le protégerait de la neige et du vent. Enfin, ramassant ses dernières affaires, il attacha la broche de son mantel et saisit ses armes.

Le baron ne bougea pas en entendant le pas du chevalier. Son cousin Baudri était parti et il se trouvait seul, le front appuyé sur le linteau de la cheminée, regardant les flammes qui dansaient. Il dit sans se retourner :

– Je savais que vous alliez partir, Galeran. Je ne peux vous accompagner, il est ici des affaires qui réclament ma présence. Par contre, j'ai de solides compagnons. Les voulez-vous avec vous ?

– Non, baron, des hommes d'armes ne serviraient qu'à alerter notre gibier. Mais je ne connais le chemin des Jacquets : y a-t-il parmi vos gens quelqu'un qui puisse me mener jusqu'en Aubrac et même au-delà ?

– Oui-da, j'y ai pensé, j'ai envoyé chercher le vieux Jaufré. Il a deux atouts : il est de Nasbinals, dans l'Aubrac, et il peut vous y conduire même les yeux fermés. Ce qui peut s'avérer utile : les plateaux d'Aubrac baignent dans le brouillard et la neige à cette époque de l'année. Son second atout, et le meilleur, est que le Jaufré est un ancien Jacquet : il a fait le pèlerinage à la mort de sa femme et m'est revenu ensuite. Il vous sera précieux, c'est un homme de bien.

– Mais Jaufré pourra-t-il encore faire ce terrible chemin ?

– J'ai dit qu'il était vieux, mais ne vous inquiétez, chevalier. Il est plus sec qu'un bois de dix ans et c'est un vaillant, croyez-moi. J'ai fait préparer votre destrier. Vous aurez provisions dans vos fontes et je donnerai un de mes propres destriers à Jaufré afin qu'il ne vous retarde.

– Comment vous remercier, baron ?

– Point de merci, chevalier. C'est moi qui vous sais gré de m'aider à tenir mon serment. Attrapez cette créature d'enfer et prenez garde à vous !

28

Depuis qu'ils avaient quitté le roc de Peyre, salués par l'écho du cor des guetteurs, les deux hommes avaient chevauché en silence.

Le brouillard n'était plus qu'une brume bleutée qui soulignait l'horizon et la neige ne tombait plus.

Le baron n'avait pas menti, l'ancien Jacquet connaissait bien la route. Ils avaient coupé à travers bois jusqu'à Marchastel, puis les deux cavaliers s'étaient élancés sur la *via Agrippa*, gagnant ainsi un temps précieux. Le destrier du baron était une bête puissante et sa course s'accordait avec celle de Quolibet, le hongre de Galeran.

De loin en loin, les cavaliers rattrapaient des pèlerins à la démarche lente, qu'ils dépassaient au pas avant de talonner à nouveau leurs montures.

Galeran ne savait trop ce qu'il cherchait. Il scrutait les visages harassés des Jacquets, puis rattrapait Jaufré qui prenait de l'avance.

Jaufré était un archer et il portait les insignes de sa caste : un arc de guerre barrait son dos et un couire empli de flèches pendait à son épaule. Comme la plupart des gens d'arc, il portait sur ses braies une tunique courte doublée de fourrure et une aumusse de peau lui protégeait la tête. Il avait gant de cuir à la main droite et son avant-bras gauche était protégé par une fine plaque de fer.

Tout en chevauchant, le chevalier lui avait expliqué le but de leur voyage et ne lui avait rien caché du genre de quête qu'il menait et du danger qu'il y avait à l'accompagner.

Le Jaufré, qui n'était guère bavard, avait secoué la tête sans mot dire, une expression songeuse sur sa face ridée.

Longtemps après, alors qu'ils approchaient des terres de la Dômerie, il avait déclaré avec simplicité :

– Nous le trouverons et vous le tuerez, messire.

Galeran avait hoché la tête. Ce vieux compagnon au verbe rare lui convenait.

Ils avaient quitté les forêts et chevauchaient à présent dans une plaine blanche parsemée d'énormes blocs de granit.

Le vent du nord s'était mis à souffler en rafales et il faisait soudain plus froid. Même les chevaux avaient dû ralentir, leurs sabots s'enfonçant dans un épais tapis de neige poudreuse où ils pouvaient à tout instant trébucher.

Le son grave d'une cloche leur parvint, porté par le vent.

Jaufré lui montra du doigt la silhouette lointaine d'une enceinte de pierre et de bâtiments de granit aux toits couverts de neige.

– C'est la Dômerie, et c'est Maria, la cloche des perdus, que vous entendez.

Quolibet, le destrier de Galeran, hennit nerveusement, secouant sa crinière.

Le chevalier flatta de la main l'encolure de son vieux compagnon ; lui aussi avait senti quelque chose d'anormal, comme une sourde vibration qui ébranlait le sol.

Il tourna la tête et vit surgir, à quelque distance, un tourbillon de neige qui se rapprochait très vite. C'était des cavaliers en armes qui se dirigeaient au galop vers la Dômerie. Ils devaient être une vingtaine et portaient tous sur leurs broignes le blanc manteau et la croix des Templiers.

Quolibet se secoua nerveusement et le chevalier comprit pourquoi en voyant arriver, encadrés par d'autres Templiers, une centaine de chevaux sauvages. Les bêtes dévalaient la pente dans un fracas d'enfer et il n'eût pas fait bon se trouver devant elles.

– D'où viennent ces Templiers ? demanda Galeran. Je ne savais qu'il y avait une commanderie par ici.

– Oh, c'est pas vraiment une commanderie, ils ont une maison forte à Recoules. Ils y élèvent des chevaux, un point c'est tout.

Le vieil archer observait les Templiers qui, à grands renforts de cris, dirigeaient les chevaux vers l'extrémité du plateau. Il les montra du doigt à Galeran et déclara :

– La Dômerie est à un carrefour, je ne pense pas qu'ils s'y arrêtent. Ils vont trop bon train pour cela. Voyez, ils passent à côté. Et puis, ils ne s'entendent guère avec les chevaliers de dom Guiral. Ceux-là sont des hommes de guerre, alors que ceux de la Dômerie se consacrent aux pèlerins et aux pauvres.

– Et où vont-ils ainsi avec ces bêtes ?

– Il y a la route que suivent les Jacquets par là et puis là-bas, vous voyez, la direction que prennent les cavaliers, ça va droit vers les Causses de Sauveterre et les Cévennes. Les Templiers vont à Anduze ou à la Couvertoirade. De là, ils emmèneront leurs bêtes vers l'Espagne ou vers la Terre sainte.

Jaufré se tut et les deux cavaliers talonnèrent leurs montures pour rejoindre la Dômerie.

Quand ils entrèrent dans l'enceinte, l'agitation était à son comble. Les chevaliers de la Dômerie n'appréciaient guère le passage des Templiers sur leurs terres, mais ce n'était pas là ce qui les inquiétait le plus.

Un moine s'approcha des arrivants et les salua. Il était pâle et semblait préoccupé :

– Bien le bonjour, messire, que pouvons-nous pour vous ?

– Nous venons de la part du baron de Peyre et j'aurais souhaité rencontrer votre abbé, dom Guiral, répondit le chevalier en descendant de cheval et en confiant les rênes à Jaufré.

– Mais c'est que nous avons un grand malheur, notre dom est en la chapelle…

– Que se passe-t-il ? demanda Galeran, un mauvais pressentiment lui nouant la gorge.

– Alors qu'un de nos frères allait jeter des eaux sales

en dehors de l'enceinte, il a trouvé le cadavre d'un de nos novices sous la neige… Enfin, ceci est notre affaire ou plutôt celle de dom Guiral.

– Dites à dom Guiral que je peux sans doute l'éclairer sur cette mort, s'il consent à me recevoir.

– Hé quoi ?

– Allez simplement lui répéter mes paroles. Mais faites vite. Chaque instant est précieux, insista Galeran.

Le moine dévisagea le chevalier et ce qu'il vit parut le convaincre car il fit demi-tour et partit à grandes enjambées vers l'hospitalet.

Pendant ce temps, le vieil archer s'était occupé des chevaux et, après les avoir conduits à l'abreuvoir et étrillés, les avait laissés manger le foin apporté par un garçon d'écurie.

Quand il revint vers le chevalier, celui-ci lui fit signe de rester dans la cour et de surveiller discrètement les allées et venues des pèlerins.

29

Dom Guiral n'avait point l'air, ce matin-là, aussi serein qu'à son habitude. Son grand front était barré d'un pli soucieux et une lueur de colère brillait dans ses yeux noirs. Il vint droit au chevalier et le salua :

– Si vous pouvez m'aider, messire, alors faites-le, la situation est grave.

Galeran secoua la tête :

– C'est vous qui allez m'aider, dom Guiral. Je pourchasse une bête cachée en la peau d'un homme dont je ne connais l'aspect. Votre novice a été torturé à coups de coutel et a eu la langue et les parties tranchées, n'est-ce pas ?

– Oui, répondit le religieux d'une voix âpre.

– Puis-je le voir et vous parler ensuite dans un endroit tranquille ?

L'abbé hocha la tête et fit signe au chevalier de le suivre :

– Venez, messire.

Après avoir examiné le corps, qui gisait sur une litière près de la chapelle, les deux hommes montèrent chez l'abbé.

Comme s'il avait oublié son hôte, dom Guiral allait et venait nerveusement dans la cellule.

Galeran ne disait mot et restait debout sur le pas de la porte, attendant qu'il reprenne son calme.

Enfin, dom Guiral fit signe au chevalier de s'asseoir et se laissa tomber sur un tabouret en face de lui :

– Pardonnez-moi, chevalier, la vue de cet innocent torturé à mort me ronge les sangs. Je vous écoute.

– L'avez-vous vu vivant hier ?

– Oui et il a fait son travail comme à l'accoutumée, ses compagnons me l'ont affirmé.

– Où logeait-il ?

– À l'hostellerie, dans une salle commune avec ses frères. J'ai déjà interrogé mes religieux. Son voisin de dortoir l'a vu se lever et sortir seul. Il a pensé qu'il allait aux restraits pour quelque besoin nocturne. Puis notre frère s'est tout simplement rendormi.

Une étrange excitation gagnait Galeran, qui n'en croyait pas ses oreilles. Il brûlait, comme disent les enfants ! La mort du malheureux novice ne prouvait-elle pas que le tueur était encore la nuit précédente à la Dômerie… ou dans ses environs, à portée de main en somme !

Du coup, le champ de l'enquête qui, la veille paraissait presque illimité, se trouvait singulièrement rétréci.

– Quels sont les pèlerins, monseigneur abbé, qui ont passé la nuit ici et qui sont partis au matin ? demanda fiévreusement le chevalier.

– Eh bien, ce matin, il y a deux groupes qui nous ont quittés. L'un d'eux a été trouvé par mes chevaliers dans la tempête hier au soir. Ce groupe comprenait trois pérégrines, ce qui est fort rare. Oui, c'est cela, ils étaient dix ou onze en tout, je ne sais plus exactement. Mais nous connaissons bien l'un d'eux, il a déjà fait trois fois ce pèlerinage, c'est messire Humbert, un homme de bien.

– Comment sont-ils ? Décrivez-les-moi, monseigneur. Il me faudra pouvoir les reconnaître.

– Oh, pour sire Humbert c'est facile, mais je puis vous assurer que ce n'est pas votre homme. Il est de petite taille, cheveux et barbe blanche tressés, et porte un grand mantel bleu usé sur lequel il a cousu ses trois coquilles.

– Vous connaissiez les pèlerins qui l'accompagnaient ?

– Non, mais ce n'est pas tout. Nous avons eu trois de nos malades qui sont partis après eux.

– Ils étaient là depuis longtemps ?

– À peu près cinq jours.

– Et de quoi étaient-ils malades ?

– L'un d'eux se mourait de faim ; l'autre, comme quelques-uns parmi les Jacquets, a décidé de faire ce pèlerinage pieds nus et il en allait périr de froid ; le troisième, je ne sais, il était dans un état de stupeur, sans doute l'épuisement. Comme ils allaient mieux, ils sont repartis pour Saint-Jacques et je crois qu'ils avaient idée de rattraper le groupe d'Humbert.

– Humbert vous a paru très soudé avec ses compagnons de route ?

L'abbé réfléchit.

– Je ne les ai pas beaucoup vus, j'avais du travail en ma cellule. Attendez, je vais vous faire venir dame Amandine. C'est elle qui les a accueillis. Voulez-vous bien ?

– Je vous en prie, faites.

« Onze ou quatorze suspects, cela devient plus raisonnable que deux mille, songea Galeran pendant que l'abbé s'absentait. Il doit être de ceux-là, à moins qu'il ne soit resté ici, mais quelque chose me dit que non, il est reparti, comme à chaque fois ! »

Dom Guiral revint, livrant passage à une dame qui portait, tout comme les chevaliers, la croix bleue de la Dômerie sur sa longue robe.

Sa mise était simple et, sous la coiffe, quelques mèches de cheveux blonds mettaient en valeur son visage avenant.

Galeran remarqua la vivacité du regard bleu qui s'était posé sur lui. La dame le salua et sa voix était douce quand elle se présenta :

– Je suis dame Amandine, chevalier, pour vous servir.

Galeran s'inclina sur sa main tendue :

– Galeran de Lesneven, chevalier breton et ami du baron de Peyre. Je vous sais gré, ma dame, de vous être dérangée si promptement mais, en vérité, le temps presse.

– Dom Guiral m'a expliqué votre présence parmi nous, chevalier, il est de mon devoir de vous aider. Je ne peux imaginer que d'autres gens meurent torturés comme notre pauvre novice. Posez-moi vos questions, et j'y répondrai du mieux que je pourrai.

– Merci, ma dame. J'ai besoin que vous me parliez des gens qui sont arrivés avec messire Humbert.

– Oui. D'abord il y avait trois femmes. Enfin, pour être exact, il y avait un maçon avec sa femme Bérengère, c'était son nom, et leur fils, un jeune homme de 16 ans environ. Ensuite, il y avait deux pérégrines. La première était une jeune fille qui venait des monts d'Auvergne ainsi qu'elle me l'a dit. Une fille bien plantée et qui portait braies comme un homme. Des cheveux très noirs et un visage aux pommettes hautes, un peu gitane comme allure. Elle accompagnait une dame qui a, ma foi, l'esprit enlevé.

– Comment cela, que voulez-vous dire, ma dame ?

– La jeune Bruna fait ce pèlerinage à la requête de son seigneur et conduit cette dame à Compostelle sans doute pour qu'elle y recouvre la raison, c'est du moins ce que la petite a bien voulu me dire.

– Vous ne la croyez donc pas ?

– J'avoue que cette femme m'a mise mal à l'aise.

– Bruna ?

– Non, son étrange maîtresse, dame Freissinge, si je me souviens bien.

– Dame Freissinge ?

– Oui, cette dame, comment vous dire ? J'ai déjà vu des gens qui renoncent au monde mais elle m'a paru habitée par quelque chose d'inquiétant. Je ne saurais dire quoi. J'ai essayé de mettre en garde la jeune fille mais elle n'a voulu m'écouter. Ses compagnons la surnomment la Farouche et cela lui va, ma foi, plutôt bien.

– Qui étaient les autres ?

– Je ne les ai pas autant côtoyés que les femmes, qui ont dormi en notre chambre, mais il y avait un troubadour qui est resté avec le vieil Humbert. Je l'ai vu, après le repas, nettoyer son rebec près du feu avant de s'aller coucher.

– Comment était-il ?

– Belle figure, une barbe et des cheveux bruns, le teint mat et des yeux bleus un peu comme les vôtres.

Dame Amandine fronça les sourcils et regarda le chevalier avec plus d'attention :

– Mais, à y bien réfléchir, cet homme-là vous ressemblait pas mal. Oui, sauf qu'il devait être plus âgé que vous.

Galeran sursauta, un pressentiment lui vint soudain :

– Savez-vous son nom, ma dame ?

– Je l'ai entendu, mais ne m'en souviens. Nous voyons tant de monde, tous les jours.

– S'appelait-il Ronan ? demanda Galeran.

Dame Amandine secoua sa jolie tête :

– Pardonnez chevalier, j'ai beau chercher, mais son nom ne me revient pas.

« Je vois un homme de ta mesnie. Il est en grand danger », avait dit la Mauresque. Se pourrait-il que Ronan, son frère aîné, soit parmi les pèlerins ? songeait Galeran.

Ronan le vagant, mêlé aux Jacquets et marchant aux côtés d'un assassin.

Mais que ferait-il là, lui qu'on disait être parti en Orient pour ne plus revenir ? Non, il divaguait ; décidément, cette maudite prophétie tournait à l'obsession.

Galeran reprit, d'une voix calme :

– Et les autres, ma dame, pouvez-vous me les décrire ?

– Comme je vous l'ai dit, je ne connais bien qu'Humbert, mais l'abbé vous l'a déjà décrit, je crois.

– Et avec lui, qui d'autre ?

– Quatre hommes qui ont dormi à l'hostellerie. Deux avaient l'air de bourgeois plutôt aisés, vu leurs mises.

– Vous souvenez-vous d'un détail se rapportant à eux ?

– Non, franchement pas.

– Qui d'autre ?

– Un jeune clerc, ou du moins, il en avait l'apparence. Il a lu avant de s'aller coucher mais je n'ai vu ce qu'il lisait. Et un autre homme, habillé comme un berger avec une cotte doublée de mouton et une large besace de cuir. Jeune, lui aussi.

– Vous ne voyez rien d'autre, vraiment ? Réfléchissez bien, insista le chevalier.

Dame Amandine essayait visiblement de se remémorer quelques détails.

– Le berger, oui le berger, dit-elle soudain. Il avait une cicatrice au pied. Je l'ai vue en les lui lavant. C'était comme une morsure qui lui enserrait la cheville ; non pas une morsure, plutôt la trace d'une corde, d'un sillon de corde.

– Dame Amandine, une dernière chose, vous m'avez dit que les femmes avaient dormi avec vous ?

– Oui, c'est cela, ici même, dans notre chambre qui est voisine de celle de l'abbé.

– Vous avez dit aussi que les quatre hommes ont dormi à l'hostellerie. Et les autres ? Le maçon et son fils, le troubadour, et Humbert, où ont-ils dormi ?

– Ici, je crois, en l'hospitalet. Oui, c'est cela. On les a installés près de la chapelle, là où vous êtes allé tout à l'heure.

– Grand merci, ma dame.

– Vous ai-je au moins aidé ?

– Pour moi, oui, sans aucun doute, répondit le chevalier en se tournant vers l'abbé.

– Vous pouvez vous retirer, dame Amandine, dit doucement dom Guiral.

Quand elle fut sortie, Galeran déclara :

– Dom Guiral, puis-je vous demander encore un service ? Je voudrais, en votre compagnie, visiter tous vos malades.

– Vous croyez… vous croyez qu'il serait possible que notre homme soit encore là ?

– Je ne le crois pas, mais ne veux rien négliger, monseigneur abbé.

30

Jaufré tira sur les rênes de sa monture, s'arrêtant devant une borne de pierre, gravée de la croix à huit pointes.

– Nous quittons les terres de dom Guiral, messire Galeran.

Le chevalier regarda autour de lui. En ces lieux, le plateau d'Aubrac était vierge de tout arbre et seuls, de loin en loin, émergeant de la brume, surgissaient des pitons de granit gris.

– Jaufré, combien de temps nous faut-il pour rattraper un groupe parti ce matin de la Dômerie ?

– Cela n'est pas si simple, grommela le vieil archer. Il n'y a pas un, mais dix chemins pour gagner Compostelle.

– Que veux-tu dire ?

– Par ici, y'en a qui suivent la *via Agrippa*, mais vous m'avez dit qu'ils ont un vieux Jacquet à leur tête. Cet homme-là peut choisir de rester sur la voie romaine, ou bien il va couper à travers les bois d'Aunac pour regagner les gorges de l'Olt, près d'Espalion…

– Qu'en penses-tu, Jaufré ?

Le vieux secoua la tête d'un air sombre :

– Je n'ai fait le chemin qu'une fois, messire.

Le destrier de Galeran hennit nerveusement et le chevalier le flatta de la main, tout en réfléchissant.

– Bon, puisqu'il paraît difficile de les retrouver, dépassons-les. Quelle est la prochaine grande étape pour les pérégrins, celle à laquelle ils se retrouveront tous ?

– Conques, messire.

– Combien de temps pour y être ?

– C'est encore loin et la route ne sera point facile pour nos montures. Dans les gorges, les pentes sont raides, il nous faudra marcher en tenant les destriers par la bride.

– Bien, combien y a-t-il de lieues d'ici à Conques ?

– Disons, autant que je m'en souvienne, une bonne vingtaine.

Le chevalier fronça les sourcils :

– La nuit tombe vite, nous n'y serons donc pas aujourd'hui, mais demain en fin de journée, si nous dormons peu et poussons nos chevaux.

– Oui, si Dieu le veut, c'est possible, acquiesça le vieil archer.

– Bien, nous les attendrons donc là-bas. En avant Jaufré et que Dieu le veuille, dit Galeran en donnant des talons sur les flancs de son destrier.

31

Le vieil archer avait vu juste. À quelques lieues de là, le groupe de pèlerins mené par Humbert avait effectivement passé la boralde de Saint-Chély et fait halte à Sainte-Côme d'Olt.

Bérengère était épuisée et comme la journée était déjà bien avancée, Humbert avait décidé qu'il était plus sage de s'arrêter. Mais ils en furent pour leurs frais : l'hospice était plein à craquer et même chez l'habitant, il n'y avait plus une paillasse de libre. Heureusement, Humbert se souvint d'avoir autrefois été hébergé dans une ferme un peu écartée et y guida sans hésiter ses compagnons.

Le soir pointait à peine quand, à moins d'une demi-lieue d'un bois de châtaigniers, ils aperçurent un bâtiment fortifié avec un haut mur de granit qui entourait la cour et les étables.

Le porche était fermé et l'arrivée des pèlerins fut saluée de l'intérieur par les abois furieux de plusieurs chiens.

Humbert heurta l'huis et les aboiements redoublèrent. Enfin, la porte grinça sur ses gonds, et ils virent apparaître dans l'entrebâillement une vieille femme qui les contemplait la bouche grande ouverte.

Le vieux Jacquet s'empressa de la saluer courtoisement :

– Dieu vous garde, ma bonne femme ! Nous venons en paix et sommes pèlerins en route vers Compostelle. Si vous en gardez souvenance, vous m'avez offert le gîte, voici quelques années, et je vous en sais encore gré.

La femme plissa les yeux et son expression s'adoucit :

– C'est peut-être ben vrai, ma foi ! Mais vous êtes combien ? Y'a des femmes, on dirait ? remarqua-t-elle en se haussant pour voir le reste du groupe.

– Oui, nous sommes onze, répliqua le vieux Jacquet. (Puis, voyant l'expression de la paysanne, il ajouta :) Mais nous pouvons payer la soupe et le pain, si vous en avez de reste.

La femme hésita, puis finit par acquiescer ; quelques sous étaient toujours bons à prendre et cet homme-là avait le mot juste.

– Mon mari est à Sainte-Côme avec nos gars, ils vont pas tarder à rentrer. En attendant, vous vous installerez à l'étable. Vous y trouverez du fourrage et c'est point sale. Pour la mangeaille, je vais voir ce que je peux faire. (Puis approchant son visage de celui d'Humbert :) Vous, je vous connais, ça c'est sûr ! Je me rappelle maintenant, mais on n'y voit plus bien clair. Vous vous portez garant pour les autres ?

– Oui, femme, je veillerai à ce que nous ne vous causions dommage et nous partirons matin, à l'heure de la traite, car la route est longue.

– Bon, bon. Vous, au moins, vous êtes un vrai Jacquet, ça se voit. Mais de nos jours, il y a tant de racaille !

Puis elle ajouta, en enlevant les lourdes chaînes qui maintenaient le portail à demi fermé :

– Craignez point les chiens, ils sont à l'attache !

Tout en les conduisant, elle se lança dans un long discours sur les mauvaises graines qui mendiaient et se faisaient passer pour des Jacquets alors qu'ils n'étaient que des coquillards.

Humbert hochait la tête, elle n'avait pas tort. Depuis quelques années, il en avait rencontré nombre de ces marauds qui portaient la coquille sans avoir jamais accompli le pèlerinage !

– Voilà ! dit la femme en poussant la porte de l'étable, installez-vous mais gênez pas mes bêtes et mettez pas le feu !

Il y avait là un parc plein de moutons et de chèvres qui, à l'entrée des pèlerins, se mirent à bêler.

La paysanne n'avait pas menti : les bêtes apportaient à l'endroit une bienfaisante chaleur et, derrière une cloison à claire-voie, à l'abri du purin, le foin était entassé, abondant et parfumé.

Une fois la porte fermée, tous posèrent avec soulagement leurs affaires sur le sol. Ils étaient rompus de fatigue et endoloris par le froid.

La femme du maçon s'était laissée tomber sur une botte de paille et Humbert était venu s'asseoir près d'elle.

Son état l'inquiétait. Ils n'avaient pas fait le quart du chemin, et le vieil homme voyait mal comment elle supporterait les épreuves à venir.

– Comment vous sentez-vous, Bérengère ? dit-il avec gentillesse.

– Point trop bien, messire Humbert, une grande fatigue et froid aussi, répondit la femme en claquant des dents.

Le Jacquet la regarda avec attention et posa sa paume sur son front : il était brûlant, et ses yeux larmoyaient.

– Ce n'est rien, vous avez un peu de fièvre, Bérengère. Quand nous aurons passé accord avec le paysan, je vous chaufferai du vin avec quelques herbes que j'ai en ma besace. Après une bonne nuit de sommeil, il n'y paraîtra plus.

Le maçon, qui avait suivi la conversation entre Humbert et sa femme, vint vers lui dès qu'il se releva. Il avait les traits tirés et demanda d'une voix sourde :

– Comment la trouvez-vous, messire ?

– Cela va aller, mon ami, il faudra bien ! répondit Humbert. Veillez seulement à ce qu'elle reste très couverte cette nuit. Je vais lui donner une potion qui va la faire suer beaucoup et demain, normalement, elle sera rétablie. Peut-être encore un peu faible, mais rétablie.

Guillaume hocha la tête d'un air sombre :

– Je voudrais vous croire… Ah, messire, j'ai bien du remords de l'avoir entraînée avec moi, mais voyez-vous, on avait plus le choix… Alors mourir de faim chez soi ou crever sur la route, y'a pas de différence, pas vrai ? Sinon pour le pardon des fautes ?

32

Au fond de l'étable, le fourrage montait jusqu'aux poutres du toit. Sur une longue rangée de claies, séchaient des châtaignes que lorgnait avec envie le jeune Garin.

– Holà Humbert, dit le jeune homme en se laissant dégringoler auprès de son ami. On peut s'installer alors ?

– Oui-da, prépare ta couche, mon gars. Nous mangerons encore chaud ce soir. (Puis d'un ton plus sévère :) Quant aux châtaignes, n'y songe plus. Veux-tu que l'on nous prenne pour des larrons ?

Garin rougit et bafouilla :

– C'est qu'elles sont bien belles, et par chez nous

y'en avait pas trop. Et puis, pour dire le vrai, j'ai le ventre creux !

L'air sévère, le vieux Jacquet fit demi-tour et Garin ne vit pas le mince sourire qui étirait ses lèvres.

Non loin de là, Ronan, tout en réglant les cordes de son rebec, parlait avec le clerc et les deux bourgeois. Il avait jeté son maigre bagage au faîte d'une pile de fourrage et ne semblait guère être pressé de s'aller reposer.

Bruna, quant à elle, avait couvert dame Freissinge de son mantel. La femme s'était recroquevillée dessous et semblait dormir.

Le regard de la Farouche croisa un instant celui du vieux Jacquet, puis la jeune fille se détourna, mal à l'aise.

La porte s'ouvrit, un courant d'air froid balaya la grange et deux forts gaillards entrèrent, portant une lourde marmite emplie d'eau bouillante. Un gamin les suivait, deux lanternes à suif allumées à la main.

Sur leurs indications, Humbert et Ronan placèrent vivement une pierre plate sur le sol, afin qu'ils puissent y poser leur fardeau.

Les deux hommes se redressèrent ; le plus vieux prit la besace qu'il avait à l'épaule et la tendit à Humbert.

– La bienvenue chez nous, messire Jacquet. Je me souviens de vous, ma femme a raison. Elle a préparé ça pour vous et vos compagnons pérégrins, dit-il en ouvrant le sac et en montrant des châtaignes bouillies et des morceaux de pain frottés de saindoux.

– Remercie-la de notre part et merci à vous, répondit Humbert en prenant le sac. Que puis-je vous donner pour tout ça ?

– Vous verrez demain avec elle, grommela le paysan. Les sous, c'est la femme. Si vous priez pour nous, elle vous fera pas bien cher payer, allez !

– Nous prierons pour vous en prenant ce repas, l'ami, et aussi à Compostelle devant la tombe de saint Jacques. Puis-je venir faire chauffer un remède à votre âtre pour une des pérégrines qui est malade ?

L'homme jeta un bref coup d'œil aux femmes, puis acquiesça avant de sortir :

– Oui-da, mais faites vite. La journée a été rude et on va tôt à l'« antibois », ce jourd'hui, ma femme et moi.

L'enfant déposa les deux lanternes de suif sur le sol avant de se retirer, lui aussi.

Ronan prit la besace des mains du Jacquet :

– Allez-y, Humbert. Nous autres, on va préparer ça. Ne traînez pas trop, avec ce froid, l'eau va pas rester chaude longtemps.

– C'est quoi l'« antibois » ? demanda Garin au berger qui s'était assis près de lui, derrière les bottes de fourrage.

Le jeune homme le regarda avec amusement.

– Oh, dit-il en haussant les épaules, je crois que c'est un morceau de leur lit. Y mettent le pied dessus pour aller dormir, alors aller à l'antibois, c'est comme aller à sa paillasse !

– Tu connais donc par ici ? dit Garin en regardant le jeune gars avec étonnement.

Le berger devait avoir dans les 20 ans et ressemblait plus à un damoiseau qu'à un homme de la terre. Bien qu'il ait les épaules larges, sa taille était fine et ses cheveux blonds et bouclés encadraient un visage aux traits réguliers. Seules ses mains, aux paumes calleuses et aux ongles cassés, dénotaient sa rude condition.

– Oh, tu sais, nous les bergers, on va partout. Par ici, en plus, les caravanes de muletiers viennent d'Espagne apporter de l'huile d'olive, des épices, des étoffes, et nous autres, on repart avec eux à la « ressade » vers le sud ou jusqu'en Galice pour louer nos bras.

– Mais pourquoi tu fais le pèlerinage, alors, si t'es déjà allé de l'autre côté des montagnes ? demanda Garin.

– J'le fais pas vraiment, dit l'autre sur le ton de la confidence.

Sa voix était douce, presque féminine, mais le regard froid et calculateur reflétait la dureté du caractere.

– Comment ça, tu le fais pas vraiment ?

– Eh bien, je descends avec vous, mais je ne vais pas aller jusqu'à Santiago, je m'arrête avant. (Le berger prit un air important :) J'ai une bonne amie en Galice et tu vois, j'vas la rejoindre. C'est une promesse que je lui ai faite l'an dernier.

– Tu vas faire tout ce chemin à pied pour voir une fille !

– Ah oui alors, mais pas une fille ! rétorqua l'autre en haussant les épaules. Une veuve, et riche ! Elle est plutôt vilaine mais elle s'est entêtée de moi. Elle m'a promis que si je revenais, elle me marierait.

– Et tu crois qu'elle dit vrai ?

– Ah ça oui ! fit le beau blond avec énervement. J'ai travaillé pour elle voici un an et je lui ai montré que j'étais un homme.

Garin ouvrit de grands yeux :

– Tu veux dire que tu l'as prise ?

– Ah oui, morbleu, et bien et comme y faut. Alors tu vois, je reviens et on se marie. Je lui fais des enfants et je dirige les bergers qui viendront de par chez moi.

– Moi, j'aimerais pas aller avec une femme vilaine ! s'exclama Garin.

– Morbleu, je pense pas comme toi ! N'importe comment, on s'accorde mieux entre gars, tu trouves pas ?

Tout en parlant, il avait posé sa grosse main sur la cuisse du jeune homme et le regardait avec insistance.

Ahuri, Garin restait sans voix. Puis, comme la main de l'autre remontait le long de sa cuisse, il se leva d'un bond et, enjambant le tas de fourrage, alla rejoindre son père.

– Ah baste, tu es trop jeune pour comprendre ! soupira le berger en se mettant debout lui aussi.

33

Seule la clarté des lampes à suif éclairait encore les Jacquets assis en cercle autour de la marmite.

Après une fervente prière, chacun avait empli son bol de soupe au pain et aux châtaignes et s'était mis à manger en silence.

« Pénitents ou hommes de foi, coupables ou non coupables, fils de l'enfer ou enfants du ciel, qui le sait ? » songeait le vieil Humbert en contemplant tous ces visages rendus tragiques par l'extrême fatigue.

Peu importait, après tout. Depuis des années, il avait pris l'habitude de marcher à l'aise au milieu de ces peuples de fantômes nomades et renoncé à percer leurs secrets intimes.

Après avoir attendu qu'ils finissent leurs écuelles, il avait déclaré :

– Voilà bientôt dix jours, mes compagnons, que nous avons quitté Le Puy Sainte-Marie.

Les regards pleins de lassitude s'étaient tournés vers lui. Le moment était venu de redonner courage aux Jacquets et de leur parler du but, chaque jour plus proche.

– Dans trois jours, nous atteindrons la belle ville de Conques et nous en aurons terminé avec une des plus rudes étapes de notre voyage.

– On m'a pourtant dit le contraire et que le plus dur était en Ibérie, messire Humbert. Le passage des montagnes fait nombre de morts parmi les pèlerins, sans parler des bêtes et des bandes de routiers qui désolent ces contrées !

Un silence glacial accueillit les propos du clerc. L'homme ne parut pas le remarquer, il avait baissé la tête et semblait perdu dans de tristes pensées.

– Que non pas ! protesta Humbert. La traversée des monts et le passage de Roncevaux seront certes difficiles, mais nous pouvons espérer un temps plus clément et le reste n'est qu'affaire de persévérance et de foi en Dieu.

Le clerc ne réagit pas. À ses côtés, les Jacquets s'étaient assombris. Ils ne voyaient plus devant eux que les lieues à parcourir et les dangers à affronter.

Ronan, qui avait suivi l'échange avec attention, observait le clerc, se demandant quelle faute voulait payer cet homme rude, ce pénitent qui s'obstinait à marcher pieds nus dans la neige.

Bien qu'il fût étonnamment maigre, il n'était pas laid, loin de là. On aurait même pu dire, s'il ne s'était tenu si courbé, qu'il avait de la prestance. Non ! Ce qui troublait chez lui, c'était ses yeux gris, calmes et éteints, et son indifférence à tout ce qui l'entourait.

Même la veille, au plus fort de la tempête sur le plateau d'Aubrac, il était resté les bras croisés, insensible au danger qu'ils couraient tous.

Un curieux gaillard, qui, tout au long de cette route, ne devait supporter la compagnie des autres que dans la mesure où elle était nécessaire à sa propre survie.

Ronan haussa les épaules. Voilà qu'il méjugeait un homme dont le dégoût du monde n'avait rien, semble-t-il, à envier au sien.

Qu'avait-il d'ailleurs à apprendre à qui que ce soit lui qui avait, une fois de plus, délaissé la plume et le rebec pour le fer et le sang versé ?

Il était parti vers l'Orient pour chercher fortune, allant jusqu'à Tripoli, trouvant enfin la paix auprès d'un vieil homme, disciple d'Omar Khayyam. Il avait fumé le chanvre, écrit des quatrains et honoré la rose rouge de la féminité chaque jour et chaque nuit, puis…

Le troubadour se secoua. Comme dans un brouillard, il entendit à nouveau la voix d'Humbert. Il était ici et maintenant, dans cette étable, au fin fond du pays d'Olt, et non sur une terrasse de Tripoli devant la mer d'un bleu profond.

Debout au milieu des pèlerins, le vieux Jacquet contait la légende de saint Jacques et de la « voie lactée ».

Garin s'était assis à ses pieds, les yeux brillants, la bouche entrouverte.

Humbert « savait » le blanc chemin, et la foi qui perçait dans ses paroles allumait des lueurs dans les regards des hommes et des femmes qui l'entouraient.

Ayant fini son récit, le vieil homme reprit son souffle, puis dit avec plus de calme :

– Compagnons Jacquets, il serait bon, si nous continuons à cheminer ensemble, que nous apprenions un peu qui nous sommes. Nous avons déjà bravé des dangers et ne savons pas même nos qualités, et je crois qu'il est temps de nous connaître mieux. Pour ma part, et si Dieu le veut, je serai votre guide jusqu'à Santiago. Je me nomme Humbert, ancien croisé et vieux Jacquet.

– Ronan de Bretagne, trouveur et vagant, mes seigneurs, dit Ronan à son tour.

– Guillaume le maçon, et voici Garin, et ma femme se nomme Bérengère ; nous venons du comté de Blois.

– Damoiselle Bruna et dame Freissinge, des monts d'Auvergne, dit brièvement la Farouche.

– Je suis Manier le berger, content d'être parmi vous ! s'exclama le blondinet au regard dur.

– Maître Pierre, orfèvre du Puy Sainte-Marie, dit un des bourgeois.

– Maître Raoul, tisserand, je viens de Lyon.

– Mon nom est Arastaigne, lâcha le clerc.

– Tiens, s'exclama Ronan, mais c'est un nom de par chez nous ! D'où êtes-vous donc, messire Arastaigne ?

Le clerc sembla hésiter, puis répondit d'un ton glacial :

– J'ai renoncé au monde et le monde a renoncé à moi. Qu'importe maintenant d'où je suis.

– Vous avez raison, peu importe d'où nous venons, puisque seul compte où nous allons, n'est-ce pas Humbert ?

Le vieux Jacquet approuva :

– Oui, cela est vrai. Et bientôt, nous verrons Compostelle, car Dieu est avec nous ! Il nous a protégés jusqu'ici et, par ma foi, le fera encore.

Les visages s'éclairèrent, la ferveur d'Humbert avait effacé la fatigue et le découragement.

– Et maintenant compagnons, je vous propose de dormir. Les jours à venir seront rudes et nous aurons besoin de toutes nos forces pour atteindre Conques.

Tout le monde se dispersa, cherchant un coin pour reposer à l'aise.

Ronan suivit un instant du regard la silhouette de Bruna qui s'enroulait dans son mantel avant de s'étendre aux pieds de sa maîtresse, puis il haussa les épaules, se moquant de lui-même. Il se cala le plus confortablement possible entre deux bottes de paille et ferma les yeux.

Le vent soufflait dans les charpentes du toit.

De temps à autre, un bêlement plaintif s'élevait de la bergerie et, soudain, le sommeil le terrassa.

34

Les deux cavaliers avaient talonné leurs montures pour arriver à Conques avant la nuit. Ils avaient réussi à faire le trajet en deux jours et s'en estimaient contents, tant la route avait été rude.

Les destriers soufflaient avec force et leurs robes étaient blanchies d'écume. Galeran leva la main, faisant signe à Jaufré de s'arrêter à ses côtés.

En dessous d'eux, émergeant d'un bois de hêtres, une ville ceinte de remparts s'accrochait au flanc de la montagne. La lumière du couchant y allumait des reflets et dans le creux de la vallée coulait une rivière.

Le chevalier se tourna vers le vieil archer.

– C'est Conques et son abbaye de Sainte-Foy, messire, dit Jaufré en montrant les tours jumelles d'une grande église. En bas, la rivière, c'est le Dourdou. C'est par ce pont, que vous voyez là-bas, que les pèlerins repartiront vers Figeac et Cahors.

penser que ces yeux tragiques avaient peut-être bien mille ans, et qu'elle connaissait tout autant l'avenir que lui le maniement de l'épée.

35

Deux jours qu'ils étaient là et toujours rien. Ils en avaient pourtant vu passer des pèlerins, et de toutes sortes.

Il y avait parfois une telle affluence que les prêtres disaient simultanément leur messe dans les sept chapelles ouvrant sur le déambulatoire entourant le chœur.

La nuit venue, la basilique ne désemplissait pas. Galeran et l'archer se relayaient méthodiquement auprès du reliquaire de sainte Foy, se dissimulant dans la pénombre où l'étrange statue de la sainte, recouverte d'or et de pierres précieuses, brillait doucement, les fixant de ses yeux d'émail.

Ils étaient des dizaines à veiller ainsi près d'elle chaque soir, malgré leur fatigue, et à chanter des psaumes pour la petite martyre, morte à 12 ans devant l'empereur romain Dioclétien.

L'après-midi tirait à sa fin et Galeran se dit qu'il était temps de s'enquérir de Jaufré.

Il sortit sur le parvis et s'arrêta sous le tympan du Jugement dernier, heureux de se réchauffer aux derniers éclats du soleil.

Autour de lui, des pèlerins s'exclamaient devant les sculptures représentant les démons et les damnés.

L'un d'eux, un jeune homme au regard fixe,

observait avec fascination un diable dévorant la tête d'un damné qui, pour lui échapper, se plongeait un couteau dans la gorge.

Galeran se détourna. Jaufré devait être resté près de la fontaine du Plô. Pour le rejoindre, il lui fallait traverser le parvis de la basilique, ce qui n'était pas une mince affaire à cette heure. C'est là que, le soir venu, se retrouvait la foule des pèlerins qui s'esbaudissait et abandonnait quelques piécettes aux montreurs d'ours, aux acrobates ou aux troubadours.

Le chevalier se fraya un passage au milieu des badauds, évitant de justesse un jongleur dont les balles semblaient animées d'une vie propre. C'est à ce moment-là qu'il entendit une voix au-dessus du brouhaha, une voix dont il lui sembla reconnaître le timbre.

Une voix dont les accents remuèrent tant de souvenirs en l'esprit de Galeran que ses traits se figèrent.

Il continua d'avancer et enfin se retrouva devant le chanteur.

L'homme, vêtu d'un long mantel de pèlerin, était brun et barbu et il accompagnait son chant de la plainte rythmée d'un rebec.

Quand il eut fini, il s'inclina devant la foule qui l'applaudit, lui jetant force monnaie, car il avait dans la voix cette sonorité rauque qui enflamme les passions des hommes et trouble le cœur des femmes.

Le troubadour ramassa les piécettes et se redressa. Son regard croisa celui du chevalier. Il pâlit et resta immobile de saisissement.

Ils demeurèrent un long moment ainsi à se regarder, puis le chevalier s'approcha et prit l'homme dans ses bras :

– Ronan ! Qu'il est bon de te revoir.

Le troubadour s'arracha à son étreinte et recula d'un pas.

– Salut petit frère, dit-il d'un ton désinvolte. Je ne pensais te rencontrer ici. Dieu est bon qui m'accorde cette joie. Tu n'as pas changé, ou plutôt si, tu ressembles de plus en plus à la lame que tu portes au côté !

– Que fais-tu là ? Tu vas à Compostelle ?

– Oui, je fais le pèlerinage et arriverais au but, si Dieu le veut, petit frère.

– Tu voyages seul ?

– Que non pas, j'ai au contraire plusieurs bons et utiles compagnons de route. Mais viens donc, je t'invite. J'ai maintenant quelques deniers pour nous régaler. Il y a par là une rôtisserie dont l'hospitalité sera propice à nos retrouvailles.

Galeran acquiesça d'un air sombre :

– Tout ce que tu veux, Ronan. Mais attends-moi ici un instant, il faut que je prévienne l'homme avec qui je chemine.

Le chevalier s'éloigna rapidement, en proie à de mornes pensées. Ainsi Ronan était de retour et c'était bien de lui qu'on avait parlé à la Dômerie.

Mais qui était Ronan en fin de compte ? Entre les deux frères, la différence d'âge était grande et quand l'aîné était parti chercher fortune au loin, lui Galeran était à peine sorti de l'enfance. Et puis, cela avait été le silence… un silence de près de dix années durant lesquelles, de toute évidence, dame Fortune n'avait guère souri au jeune aventurier, le transformant peu à peu en cet homme vieilli prématurément, mendiant quelques sous sur la place publique. Pourtant, il n'avait rien perdu de sa morgue et il conservait, à l'égard de son cadet, le même ton condescendant qui, autrefois, l'agaçait tant !

Non, soupira Galeran, autant qu'il s'en souvenait, l'harmonie n'avait jamais vraiment régné entre eux !

36

Le fidèle Jaufré était debout près de la fontaine et son visage s'éclaira en voyant le chevalier.

– Alors ? demanda-t-il. Toujours rien ? Autant traire le serpent du buisson !

– Au contraire. Je crois que nous tenons enfin quelque chose, mais je dois m'en assurer, dit Galeran.

En quelques mots, le chevalier expliqua la situation à l'archer.

– Il n'est point nécessaire, mon bon Jaufré, de veiller cette nuit. Tu n'as qu'à rentrer chez dame Marguerite. Je te rejoindrai avant le couvre-feu. Va voir nos montures à l'écurie, il faudra reprendre la route demain à l'aube. Que les harnois soient prêts.

– Bien messire, dit joyeusement l'archer à qui l'inaction commençait à peser.

Quand Galeran rejoignit son frère, il était en grande conversation avec une fille brune, habillée comme un pèlerin.

– Galeran, je te présente damoiselle Bruna. Elle vient des monts d'Auvergne et chemine avec notre troupe.

Le chevalier détailla la jeune fille et se souvint de la description de dame Amandine à la Dômerie, « une fille bien plantée, les pommettes hautes avec de beaux yeux en amande ».

Il s'inclina, sentant qu'elle était troublée par son examen.

– Pardonnez-moi, damoiselle. Mais il est si rare de rencontrer une pérégrine que j'en oubliais la simple courtoisie. Je me nomme Galeran de Lesneven.

– Et vous… vous êtes le frère de Ronan ? demanda-t-elle d'un ton effronté.

– Je suis son cadet. Ronan est l'aîné de notre lignée, damoiselle, dit le chevalier avec un petit sourire.

Bruna se mordit les lèvres et se tourna vers Ronan avec emportement :

– Alors comme ça, vous trompez votre monde, vous êtes un homme d'épée et non de rebec ?

– Est-ce donc si important pour vous, damoiselle, de savoir de quel instrument je sais jouer ?

Bruna rougit jusqu'à la racine des cheveux et s'écria :

– Oh vous !

Et elle tourna les talons sans même saluer les deux hommes.

Galeran éclata de rire et donna une bourrade à son frère :

– De bons et utiles compagnons de route, tu disais ? Il est plutôt joliment tourné ton compagnon de route !

– Oui-da, mais il a bien mauvais caractère.

– En tout cas, elle fait tout ce qu'elle peut pour te détester, mais y arrive fort mal, à ce qu'il paraît.

Ronan se rembrunit :

– Viens, petit frère, allons plutôt boire. Nous avons tant de choses à nous conter. Cela fait si longtemps, bientôt dix ans, que nous ne nous sommes vus.

37

Pourtant, quand ils furent attablés devant leurs pichets de vin, les deux hommes demeurèrent silencieux. Ils se rendaient brusquement compte qu'ils étaient devenus l'un pour l'autre des étrangers avec chacun leurs secrets plus ou moins avouables.

Tout en regardant son frère, Galeran pesait le pour et le contre. Enfin, il décida que ces retrouvailles inattendues pouvaient l'aider dans son enquête. Repoussant ses interrogations, il mit le troubadour au courant de toute l'affaire, avec simplicité. Lorsqu'il en eut terminé, Ronan avala une grande rasade puis dit, d'un air goguenard :

– Est-ce bien tout, petit frère, ou est-ce que tu as encore autre chose à me conter ?

– Pourquoi ? Cela te fait peur ? rétorqua le chevalier qui sentait déjà la colère le tarauder.

– Non, mais mets-toi à ma place ! Tu prétends que j'ai tranquillement voyagé tout ce temps avec un ou plusieurs criminels abominables, que j'ai partagé avec eux le pain et la prière sans me rendre compte de rien ?

Galeran sourit.

– Et pourquoi pas ? Qu'est-ce que tu sais d'eux ? Est-ce qu'ils ne sont pas tous des compagnons de rencontre ?

Ronan se taisait maintenant, une barre soucieuse en travers du front :

– Qu'attends-tu de moi ? dit-il enfin avec brusquerie.

– Que tu me présentes à ton Jacquet comme ton frère, car point n'est besoin de mentir. Et je partirai avec vous tous vers Compostelle.

– Mais ton archer, les chevaux, ton harnois ? Tu ne peux venir ainsi.

– Jaufré nous suivra ou nous précédera avec mon harnois. Tes compagnons doivent ignorer son existence, je ne tiens pas à donner l'alerte à l'assassin.

– J'accepte, dit Ronan en tapant sur l'épaule de son frère. De toute façon, cela nous donnera l'occasion de rester ensemble, et puis, si cette bête-là est vraiment parmi nous, je t'aiderai à en venir à bout !

38

Des quinquets s'allumaient dans les ruelles de la ville de Conques où les marchands repliaient leurs étals.

Au milieu de la cohue des pèlerins, un fort gaillard attirait les regards. De noble naissance et richement vêtu, son épée lui battant les chausses, il cherchait visiblement bonne fortune et lorgnait les filles.

Il avait, quelques instants plus tôt, abandonné ses compagnons dans une rôtisserie, leur promettant de les rejoindre pour le couvre-feu.

Tout en marchant, il songeait à la pénitence que lui avait donnée l'abbé d'Aurillac. Il avait reçu ordre de se rendre à Conques et de se joindre aux pèlerins en route vers Compostelle.

Et maintenant, il se demandait avec amusement si Dieu lui en voudrait beaucoup d'y être venu à cheval et accompagné d'une joyeuse troupe plutôt que pieds nus et seul. Mais à 25 ans, on se croit immortel et on n'a peur ni de Dieu ni du diable.

L'homme avait le poil noir et le sang chaud. C'était d'ailleurs à cause de ce sang chaud qu'il avait tué un seigneur sur le parvis de l'église Saint-Géraud d'Aurillac. Ce qui évidemment n'avait guère été du goût de l'abbé.

Tout ça parce que quand Robert ne guerroyait pas, faire l'amour et en parler était son principal plaisir après la chasse. D'ailleurs, pensait-il souvent, les deux se ressemblaient fort.

Mais pour le moment, Robert perdait patience : depuis deux jours qu'il cherchait bonne fortune à Conques, aucune femelle ne lui avait accordé plus qu'un sourire ou une œillade.

L'heure était, paraît-il, à la prière et non aux plaisirs de la chair. Bien sûr, il y avait les clostrières et les filles communes, mais il n'avait jamais eu recours à leurs services et se trouvait bien jeune pour payer son plaisir.

Par chez lui, dans le comté d'Aurillac, filles et femmes de paysans étaient fières de se donner à lui et quand elles ne le voulaient, il les prenait quand même. Après tout, de l'avis de ses nombreuses conquêtes, il était bon amant et point égoïste de ses talents. Quand il les faisait crier, c'était de contentement et non de dépit. Quant aux filles bien nées, il avait déjà eu nombre de gais déduits avec des pucelles complaisantes et même si le « fin amor » l'empêchait parfois d'arriver à ses fins, peu de belles refusaient d'aller avec lui au bain et de lui montrer ce qu'elles cachaient aux autres.

Soudain, alors qu'il songeait à s'en retourner bredouille vers ses compagnons, il l'aperçut.

Enveloppée d'un long mantel, elle était seule et paraissait marcher au hasard des rues, se laissant pousser par le flot des pèlerins. En habitué de cette chasse-là, il devinait sous le drap épais et la capuche une fière silhouette.

Au gré d'une bousculade, il aperçut même un joli profil et de longs cils recourbés.

Il la suivit donc et la rattrapa, lui saisissant l'épaule avant qu'elle ne lui échappe au milieu de la foule. Il s'attendait à un mouvement de surprise mais elle ne fit que se retourner et il laissa retomber sa main.

Elle avait relevé légèrement la capuche de son mantel et leurs regards s'étaient croisés.

Les yeux mi-clos de la femme étaient voilés d'une brume étrange, comme si elle ne le voyait pas, et son teint était si pâle qu'on eût dit neige de glacier.

Il n'aurait pas su dire pourquoi elle lui fit tant d'effet. Elle n'était point belle. Elle était singulière. Elle lui faisait penser à un reflet de lune, aux heures incertaines entre le jour et la nuit, et à bien d'autres choses encore qu'il n'arrivait à nommer.

Tout ce qu'il savait, c'était que celle-là lui pourrait échauffer le sang mieux qu'une autre.

Se reprenant, il s'inclina devant elle, ne la voulant effaroucher :

– Pardonnez mon audace, damoiselle, je vous ai crue perdue et…

Elle demeurait muette et le dévisagea avec tant d'insistance qu'il se sentit perplexe. Cette chasse-là ne s'annonçait pas comme les autres.

Il sentit le regard de la femme qui glissait de sa longue cape bordée d'hermine jusqu'à son bliaud garance, puis se posa sur la longue épée qui battait ses chausses. Enfin, elle se détourna et continua son chemin aussi tranquillement que s'il n'avait jamais existé.

« Ah ça, la belle, attends-moi ! », gronda-t-il en se lançant derrière elle.

Il l'eut tôt rattrapée et lui barra le passage, l'air déterminé.

Elle s'arrêta sans qu'aucune expression ne vienne animer les traits de son visage.

– N'ayez crainte, damoiselle, vous ne m'avez laissé le temps de me présenter. Je me nomme Robert d'Aurillac, pour vous servir.

La femme ne broncha pas davantage.

Le jeune seigneur hésita. Devait-il abandonner sa conquête ? Son orgueil lui disait que non. D'un autre côté, pour la première fois de sa vie, il ne savait comment faire avec cette fille.

C'est alors qu'il réalisa qu'il n'avait toujours pas entendu sa voix. Elle devait avoir peur. Il se recula de quelques pas, l'air avantageux, et posa la main sur la garde de son épée pour se donner contenance.

– Si vous ne voulez ma protection, damoiselle, parlez, sinon…

Avant qu'il ait pu faire un geste, elle se glissa dans une venelle où elle disparut.

La ruelle était si étroite qu'un homme de forte corpulence aurait eu du mal à s'y engager de face. Hormis quelques soupiraux protégés par de solides barreaux, ses murs étaient aveugles et dégoulinaient de salpêtre. L'endroit servait plus d'urinoir que de passage.

Robert hésita, puis sa morgue reprenant le dessus, il s'y précipita à son tour.

Il aperçut sa silhouette dans la pénombre. Elle ne courait même pas. Pour comble, elle s'arrêta et, dégrafant son mantel, le laissa tomber sur le sol, révélant une longue robe serrée à la taille par une ceinture de cuir rouge. Enfin, saisissant ses deux longues tresses, elle les dénoua lentement comme si elle était à sa toilette.

Robert s'était figé ; il était si près d'elle qu'il aurait pu toucher cette chevelure qui se libérait en lourdes boucles.

N'y tenant plus, il empoigna la femme et l'attira contre lui. Une odeur poivrée montait de son corps et Robert sentit son sang battre à ses tempes tant son désir de la posséder était puissant.

– Par ma foi, murmura-t-il en s'écartant pour la mieux voir, es-tu fée ou sorcière ?

Elle ne répondit pas, puis se recula de quelques pas avant de s'enfuir plus avant dans l'obscurité de la venelle.

– Maudite femelle ! hurla-t-il en se jetant à sa poursuite, cesse de me provoquer. Veux-tu que je te mette à ma merci ?

C'est alors qu'il vit l'éclat de la lame qui s'abattait. Une douleur fulgurante lui déchira la poitrine.

Ses yeux se fermèrent tant la souffrance était atroce. Il sentit qu'on le frappait à nouveau, encore et encore, et il sut qu'il allait mourir.

39

Il faisait beau ce matin-là et Conques s'était vidée de ses pèlerins. Dès l'aube, en longues files, ils avaient pris la route et Galeran avec eux.

Le vieil archer, quant à lui, avait fait ses adieux à Marguerite. Chemin faisant vers les écuries, il ressassait de sombres pensées.

Pour une fois, il n'était pas d'accord avec le chevalier. Celui-ci lui avait enjoint de l'attendre à Cahors, et Jaufré trouvait le lieu du rendez-vous trop lointain.

Avec son destrier, il pouvait être sur place en une journée, voire deux, si le terrain était mauvais ou si le hongre de Galeran tirait sur sa longe et le ralentissait.

Les pèlerins, quant à eux, allaient mettre six ou sept jours pour atteindre la ville cadurcienne. Un laps de temps qui permettrait peut-être à l'assassin de frapper à nouveau, sans que le vieil archer puisse prêter main-forte au chevalier.

Jaufré en était là de ses pensées, quand près de la tour de la Vinzelle, il se heurta à un groupe d'hommes d'armes portant une civière recouverte d'un drap.

Le sergent qui marchait devant le sinistre cortège s'arrêta net, dévisageant l'archer avant de s'écrier :

– Jaufré, mon ami, c'est toi ?

L'archer sortit de sa rêverie et regarda l'homme qui lui faisait face. Malgré son âge, il avait encore fière allure et portait, tout comme lui, un grand arc avec un couire empli de flèches aux empennages bleutés.

Si Jaufré ne reconnut pas vraiment le visage barbu, il se souvenait de l'arc et de la couleur des flèches. S'avançant vers le sergent, il lui donna une franche bourrade :

– Bernart… mais je te croyais installé par chez nous, en Aubrac ?

– Eh non, tu vois. Après toutes nos batailles, j'ai trouvé à m'engager ici, à Conques. Et il y a du travail, tu peux m'en croire, avec tous ces coquillards, ces larrons et les mendiants. Mais baste, je suis bien logé, bien nourri, et payé plutôt grassement, et à nos âges…

– Nos âges, nos âges… ah ça, tu n'as pas changé ! s'exclama Jaufré avec un large sourire, toujours à te plaindre et toujours à l'ouvrage !

– Oui, mais parfois, dit Bernart en se rembrunissant, j'aimerais faire autre besogne que celle-là.

– À cause de ça ? demanda Jaufré en désignant la civière.

– Oui-da.

– Montre-moi.

– C'est du joli travail, dit Bernart en soulevant le drap. Lardé de coups de coutel en plein cœur, comme un rôti. Vu sa mise, c'est un chevalier. En tout cas, il n'avait plus ni deniers ni bijoux sur lui quand on l'a trouvé… C'est drôle, tout de même, qu'on ne lui ait pas pris ses bottes et ses armes.

Jaufré contemplait le visage livide du cadavre. C'était un bel homme à l'abondante chevelure noire et dont le bliaud de riche brocart garance était déchiré en de multiples endroits, laissant voir des blessures bien nettes, souillées de longues traînées brunâtres.

– Il est plutôt légèrement vêtu pour la saison, ton chevalier, remarqua-t-il. Son bliaud n'est même pas fourré et il n'avait point de mantel ?

– Je pense qu'on lui a dérobé.

– Ou bien il a été tué à l'intérieur d'une maison, cela expliquerait sa mise légère.

– Je n'y avais pas pensé, mais tu as, ma foi, raison, mon ami. La parole rare mais juste, comme au bon vieux temps. Je te revaudrai ça, dit Bernart en recouvrant le cadavre.

Jaufré soupira. Il était vaguement soulagé que celui-là soit mort ainsi et non pas mutilé comme les autres.

– Et toi, mon Jaufré, demanda le sergent après un moment de réflexion, tu demeures ici ou tu ne fais que passer ?

– Je quitte la ville ce jourd'hui.

– Dommage ! Le devoir m'appelle, comme on dit ! grogna Bernart. Il me faut te quitter maintenant. Dieu te garde, mon ami. Et si tu le peux, reviens vers Conques, nous aurons bien le temps de vider une ou deux cervoises comme avant.

Ému, Jaufré acquiesça sans mot dire et donna une dernière accolade à son vieux compagnon d'armes.

Il demeura ensuite immobile un bon moment à regarder s'éloigner le sinistre cortège qui remontait la ruelle en pente, et devant lequel les passants s'écartaient en se signant.

Quatrième partie

« Ce que vous enseignez, faites-le,
et ce que vous faites, enseignez-le. »

Préface de la Bible
de Théodulfe,
VIIIe siècle
(Le Puy-en-Velay)

40

Il faisait froid et l'on entendait la respiration oppressée des pérégrins qui dormaient, serrés les uns contre les autres, à même le sol de la caverne.

Le chevalier se réveilla, les sens aux aguets ; des bruits de pas et des craquements venaient de l'extérieur. Un faible soleil matinal éclairait les silhouettes des Jacquets allongés autour de lui.

À ses côtés, Ronan, le visage emmitouflé dans sa capuche, dormait profondément. Il ne manquait qu'Humbert. Celui-ci avait peut-être préféré coucher à la belle étoile. Le chevalier sourit : connaissant le vieux Jacquet, il devait déjà s'activer autour du feu.

Après avoir frictionné ses membres engourdis par l'humidité, Galeran enfila ses bottes et se leva sans bruit. Une fois sorti, il s'étira et regarda autour de lui, tout en attachant la large ceinture où pendait son épée. De là, comme d'un belvédère, il avait une vue générale sur la région environnante.

La journée s'annonçait belle et il faisait meilleur à l'air libre qu'entre les murs couverts de salpêtre de la grotte.

Une brume dorée estompait le bleu du ciel et l'herbe brillait, recouverte d'une fine couche de givre.

Il regarda en contrebas le bourg de Cajarc, lové dans son cirque de falaises, et le pont qui allait leur permettre de traverser le Lot.

Accroupi devant le foyer, Humbert ravivait les braises, y jetant les brindilles et le bois qu'il avait mis de côté la veille.

– Dieu vous bénisse, chevalier, dit le vieil homme sans se retourner. La nuit a été bonne ?

– Très bonne, Humbert. Mais vous êtes bien matinal, répliqua le jeune homme en s'asseyant aux côtés du Jacquet.

– Je ne prise guère l'humidité, elle ne vaut rien à mes douleurs. De toute façon, à mon âge, on ne dort plus guère. Vous non plus, d'ailleurs, remarqua-t-il d'un air malicieux. Depuis quatre jours que nous avons quitté Conques, vous ne dormez que d'un œil, on dirait !

Le chevalier sourit en se passant la main dans sa barbe naissante :

– C'est juste, Humbert. Mais nous autres, hommes de guerre, savons que le sommeil n'amène pas que des songes ! Je vais aller chercher de l'eau à la source, ajouta-t-il en se levant.

– Oui-da. Il me reste un peu de saindoux et de l'ail. Bérengère aura besoin de quelque chose de chaud ce matin. Les autres aussi, d'ailleurs.

– Je l'ai entendue tousser cette nuit, dit Galeran, une mauvaise toux. Elle est comme ça depuis longtemps ?

– Depuis l'Aubrac. Je l'avais soignée mais elle est de constitution fragile et elle a rechuté. Pour tout dire, j'ai bien peur qu'elle ne tienne pas jusqu'au bout.

– Pourquoi ne pas la laisser en sûreté dans un hospitalet afin qu'elle y reprenne des forces ?

– Je le lui ai déjà proposé, pensez. Mais c'est qu'elle

ne veut pas quitter les siens, elle est plus têtue qu'une mule ! Et puis, contrairement à nous, la mesnie de Guillaume ne reviendra pas de Galice.

– Ils veulent s'installer le long du « *camino francès* » ?

– Eh oui. Beaucoup sont tentés, c'est l'occasion d'avoir une terre à vil prix et du travail d'assuré. Surtout que le mari comme le fils sont maçons.

– J'ai quelques connaissances en médecine et pourrais essayer de la soigner à la prochaine étape.

– Il faut toujours espérer mais la pauvre femme pourrait bien trépasser en chemin, comme tant d'autres si…

Le vieux Jacquet se tut. Une grande fatigue se lisait sur ses traits ridés. Galeran se détourna discrètement, ramassant l'outre vide qui était posée près de lui.

– Chevalier ! le rappela Humbert.

– Oui ?

– Je peux vous poser une question ?

– Vous le pouvez, Humbert, mais peut-être n'y pourrais-je répondre.

Le vieux Jacquet l'observa d'un air pénétrant :

– Tant pis pour moi, en ce cas. Dites-moi, chevalier, il me semble que nous vous intéressons beaucoup, nous autres. Vous parlez avec chacun, ou plutôt, vous faites parler chacun… pourquoi ?

Galeran hésita, puis déclara avec gravité :

– Je vous mentirais si je répondais maintenant, Humbert.

– Vous n'êtes donc pas là pour le pèlerinage, ni même pour votre frère, dit tranquillement le vieil homme.

Le chevalier sourit et leva les mains en signe de paix :

– Holà, Humbert, laissez-moi quelque répit, je vous prie, et ne me jugez si vite. Nous reparlerons de tout ceci à Cahors, si vous le voulez bien.

Le vieil homme hocha la tête :
– Je vous en ferai souvenir, chevalier !

41

Après avoir longé le Lot, ils étaient remontés vers le causse de Salvagnac et cheminaient maintenant sous la lumière blanche et sèche reflétée par le calcaire.

Des murets et des abris de pierres qu'Humbert appelait les « garriottes », ce qui voulait dire les « petites maisons », jalonnaient leur chemin.

Un groupe de pèlerins, qui avait traversé le pont de Cajarc en même temps qu'eux, les avait salués avant de disparaître au loin dans un nuage de poussière crayeuse.

Des bergers, petites silhouettes noires au milieu des troupeaux de moutons et de chèvres, gardaient leurs bêtes dans de vastes enclos cernés de murets et de chênes aux troncs rabougris.

Il faisait chaud sur le causse, où rien ne les abritait plus du soleil, et les pérégrins avaient relevé les pans de leurs mantels, les laissant flotter dans le dos comme des capes.

La fraîcheur les saisit pourtant quand ils redescendirent vers une combe boisée.

Une forêt de chênes et de châtaigniers s'agrippait aux pentes. La fin du mois d'avril approchait et les neiges n'étaient plus qu'un mauvais souvenir. Déjà, des milliers de narcisses et de jacinthes sauvages à l'odeur entêtante égayaient le sous-bois de jaune et de bleu.

Le chevalier ne semblait rien voir de tout cela. Il marchait en silence aux côtés de son frère, les sourcils froncés, la mine sévère.

« Quatre jours que nous avons quitté Conques, songeait-il. Quatre jours, et toujours rien. La bête immonde ne bouge plus. A-t-elle eu son content de sang ? Ou alors ne suis-je qu'un pauvre d'esprit qui s'est laissé berner ? »

Tout en réfléchissant, le chevalier regardait la silhouette trapue du vieux Jacquet qui marchait en tête d'un pas régulier. Malgré son âge, c'était un de ces hommes tout en nerfs et en muscles qui possèdent une énergie redoutable. Et de plus, celui-là était rusé comme messire renard. Mais le soir du meurtre à la Dômerie, il avait dormi à côté de Ronan, et celui-ci lui avait assuré qu'il n'aurait pu se lever sans le réveiller, de même que le maçon ou son fils.

Il y avait aussi les femmes… Mais elles dormaient ce soir-là avec dame Amandine et cette dernière n'avait remarqué aucune absence anormale pendant cette terrible nuit.

Ensuite, il restait ceux qui avaient logé à l'auberge, à côté du dortoir des religieux : Manier, le jeune berger blond, Arastaigne, le clerc aux yeux éteints et les deux artisans, maître Pierre, l'orfèvre du Puy, et maître Raoul, le tisserand qui venait de Lyon. Sans oublier les trois pérégrins, partis après Humbert de la Dômerie, qui devaient rattraper le groupe et ne l'avaient point fait…

– Galeran !

– Oui, dit le chevalier en sursautant. Qu'y a-t-il, Ronan ?

– Humbert nous a fait signe de nous arrêter. Apparemment, il a du mal à s'y retrouver dans ce fouillis d'arbustes et de buissons.

Il est vrai que dans la combe, le sous-bois était dense et qu'on n'y voyait plus guère de repères. Les croix qui jalonnaient leur parcours avaient disparu et le vieux Jacquet hésitait à l'embranchement d'une sente à peine visible qui remontait vers le plateau.

– Je dois m'être trompé, dit-il au chevalier quand celui-ci s'approcha de lui. Par là, nous remontons sur le causse alors que nous devrions continuer le long du ruisseau dans la combe. Il faut rebrousser chemin, les amis.

Bérengère, qui s'était laissée tomber dans l'herbe, fut prise d'une longue quinte de toux. Elle dit d'une voix essoufflée :

– Oh, messire Humbert, je n'en puis plus. Ne pourrions-nous nous arrêter un peu plus longtemps ?

Le vieux Jacquet se tourna vers elle. Le visage de la femme avait pris une vilaine teinte grisâtre, son front luisait de sueur et, avec ses yeux cernés, elle faisait peine à voir.

Il hocha la tête et jeta :

– On va vous faire une litière, Bérengère, et vous porter. Reposez-vous pendant ce temps-là.

La malheureuse ne protesta pas et se recroquevilla sur la mousse, posant sa tête sur le mantel que lui avait donné son fils. Le jeune homme la regardait avec inquiétude, lui passant souvent sa calebasse pour étancher cette terrible soif qui l'avait prise en même temps que la fièvre.

Le tisserand sortit une courte hache de sa ceinture et la tendit à Ronan qui s'était proposé pour fabriquer la civière avec Guillaume.

Sous le regard de ses compagnons, le troubadour s'attaqua à un jeune coudrier qu'il abattit en quelques coups puissants. Le tronc fut rapidement ébranché et coupé en deux longs morceaux liés par une corde que Guillaume recouvrit de son mantel.

La litière était prête et Bérengère fut couchée dessus avec précaution. Elle avait sombré dans un sommeil que même ses terribles quintes de toux n'arrivaient plus à rompre.

Son mari et son fils saisirent les bras du brancard et le petit groupe fit demi-tour.

42

Ronan allongea le pas, et se plaça aux côtés de Bruna. Tout en accordant sa marche à celle de la jeune fille, il dit doucement :

– Puis-je vous parler, Bruna ?

– Si c'est encore pour me débiter vos balourdises, gardez-les pour vous ! répliqua la jeune fille sans le regarder.

– Non pas, damoiselle, ce dont j'ai à vous entretenir est des plus sérieux, répondit le troubadour.

Sans ralentir, Bruna lui jeta un vif coup d'œil de côté. Ronan avait sur le visage une expression qu'elle ne lui connaissait :

– Vous voilà bien grave, messire de Lesneven !

– Ne vous moquez et répondez-moi, Bruna. De quel mal souffre dame Freissinge ?

– En quoi cela vous regarde-t-il, messire le curieux ? repartit Bruna avec sécheresse.

– Il y a, Bruna, que depuis Conques, votre attitude avec elle a changé.

Le visage de la jeune femme se ferma et elle accéléra encore le pas.

Ronan insista :

– Alors qu'auparavant, vous la laissiez aller et venir, on dirait que maintenant vous ne la quittez plus des yeux. Vous l'avez même retenue hier, à Figeac, alors qu'elle se voulait promener seule dans la ville. Pourquoi ?

– Et en plus voilà qu'il m'espionne ! gronda Bruna en s'arrêtant net, les poings sur les hanches.

Ronan lui posa la main sur le bras.

– Non, je veux seulement vous aider, Bruna. Cette femme est une lourde charge pour vous. C'est votre maîtresse bien sûr, mais tout de même !

La jeune femme retira son bras d'une secousse et, toisant le troubadour, lui jeta avec colère :

– Cessez de vouloir m'aider, Ronan de Lesneven ! Je n'ai besoin de personne et surtout pas de vous, un rimailleur, un jongleur de mots !

Ronan fit la moue et un sourire moqueur effaça toute gravité de son visage :

– Oui-da, toujours aussi mauvais caractère, damoiselle Farouche, la bien nommée. Mais c'est pour cela que vous me plaisez. Je ne vous aimerais, si vous étiez douce et tendre : je vous préfère dans votre état naturel, tous crocs et griffes dehors !

Rouge de colère, Bruna leva la main comme si elle allait le frapper, puis elle se ravisa, tourna les talons et rattrapa Humbert en tête du groupe.

43

Le vieux Jacquet avait retrouvé ses repères et conduisait à nouveau sa troupe sans hésiter le long d'un chemin herbeux.

– Nous allons bientôt nous arrêter, dit-il au maçon qui marchait à ses côtés, portant la litière où reposait sa femme. Cela fera du bien à tous de prendre un peu de repos et je me souviens d'un bon endroit pour cela.

– Où donc ? demanda Garin.

– Tout près d'ici, cela s'appelle le gouffre de l'Antouy.

Le jeune homme fit la moue et dit d'un ton morne :

– Ben, un gouffre, c'est pas vraiment tentant pour se reposer. Ça va être aussi froid et humide que la caverne, la nuit dernière.

Le vieux Jacquet sourit et lui tapa sur l'épaule.

– Non pas, tu verras, nous dormirons tous dehors, et l'endroit est beau.

Le gars soupira. Depuis que l'état de sa mère s'était aggravé, il avait triste figure et ne la quittait pas des yeux, souffrant de la voir ballotter ainsi, inerte, entre les montants de la litière.

Le Jacquet avait suivi son regard et sourit d'un air rassurant :

– C'est pour cela aussi que nous allons nous arrêter, Garin. Nous allons la soigner et le chevalier, qui a des remèdes, va m'aider.

Le garçon hocha la tête mais ne dit mot, des larmes au bord des paupières.

Humbert lui décocha une tape affectueuse sur l'épaule :

– Allez, fils ! Reprends-toi. Tout va aller bien, tu es seulement fatigué, comme nous tous ! Et puis, tu es devenu un homme, dis-moi. Depuis qu'on est parti, v'là que ta barbe a poussé dru !

Les pérégrins débouchèrent bientôt dans une clairière, cernée par des aulnes aux troncs noueux. Le Jacquet leva son bâton ferré, faisant signe à ses compagnons de s'arrêter.

– Mes amis, nous allons nous installer ici pour la nuit.

– Mais il est encore tôt, c'est tout juste l'heure de manger, protesta le berger en montrant le soleil haut dans le ciel.

– Peut-être, Manier. Mais cela nous fera le plus grand bien de prendre un peu plus qu'une nuit de repos.

Le berger n'insista pas et se détourna, cherchant un endroit où poser son maigre baluchon.

– L'endroit est sûr ? demanda le clerc en regardant les bois autour de lui.

– Oui, répondit Humbert en riant. Hormis quelques loups plutôt timides, l'endroit n'est hanté que par des bergers et… des moines. Il y a non loin d'ici un petit prieuré. Je vais y aller avec Garin, pour leur demander un peu de pain et du lait.

– Je vous accompagne, dit le chevalier en donnant sa sacoche à son frère et en emboîtant le pas aux deux hommes.

– Quant à moi, j'irai avec Arastaigne chercher du bois pour le feu ! s'écria le berger blond en donnant une bourrade au clerc qui sursauta.

Le tisserand et l'orfèvre, les traits tirés par la fatigue, se laissèrent tomber dans l'herbe, trop heureux d'ôter enfin leurs bottes et de masser leurs pieds endoloris.

Quant à Ronan, il suivit un instant du regard son frère qui s'éloignait avant de s'asseoir sur une souche. Depuis plusieurs nuits, il rêvait qu'il marchait… et se demandait si, le jour venu, il ne dormait pas en marchant ! Humbert avait raison, un peu de repos leur ferait du bien à tous.

Apercevant Bruna qui se glissait sous le couvert des arbres, il changea d'avis et se leva pour la suivre.

Maître Pierre, qui avait remarqué le départ de la Farouche et du troubadour, regarda autour de lui.

Hormis le maçon qui s'occupait de sa femme, ils étaient seuls, le tisserand et lui, avec dame Freissinge. Il renfila prestement ses bottes et se dirigea vers la jeune femme d'un pas décidé.

– Laissez-moi vous aider, ma dame, dit-il en prenant la sacoche que la jeune femme essayait maladroitement de faire glisser de son épaule.

Elle le laissa faire sans mot dire.

Sous son capuchon, toujours baissé malgré la chaleur, l'orfèvre ne distinguait pas même l'éclat de ses yeux. Il se présenta néanmoins en s'inclinant comme il savait le faire devant ses riches clientes :

– Maître Pierre, ma dame, car vous êtes une dame, n'est-ce pas ? Ça se devine à votre allure et à cette façon que vous avez de nouer votre mantel. À cette broche aussi, ajouta-t-il en touchant du doigt le riche bijou d'argent qu'elle portait à son col.

La jeune femme se recula vivement, mais il poursuivit néanmoins, sans se troubler :

– Vous êtes belle, ma dame, j'en suis sûr, et bien trop jeune, ce me semble, pour faire si dure pénitence. À moins que vous n'ayez commis quelque faute, quelque péché de chair, peut-être ?

Il laissa traîner sa phrase, la fixant de ses petits yeux porcins.

Freissinge semblait regarder ailleurs, puis d'un coup, elle se laissa tomber à genoux dans l'herbe, les mains jointes sur la poitrine, le front contre le sol.

L'orfèvre hésita, une expression de dégoût sur le visage, puis fit demi-tour, regagnant l'endroit où il avait posé ses affaires. Le tisserand, assis par terre, l'accueillit d'un air goguenard :

– Vous lui vouliez conter fleurette, maître Pierre ?

– Pourquoi pas ? Elle a l'air plutôt gironde, la garce, dit-il d'un ton pincé.

– Gironde, peut-être, encore qu'avec sa mantille et sa capuche baissée… on peut pas dire, elle est peut-être à faire peur là-dessous. De toute façon, j'en voudrais pas : elle est plus muette que mes rouets ! Depuis qu'on marche, je l'ai pas entendue se plaindre ni même souffler une fois !

– Et alors ? L'autre non plus, la Farouche, elle se plaint pas, rétorqua Pierre.

– Oui-da, mais celle-là, elle mord quand tu l'approches. Y'a qu'à voir comment elle a rembarré le Ronan, ce matin.

– Pour sûr. À sa place, j'aurais pas aimé.

– Tandis que lui, on dirait qu'il aime ça. Il est encore à ses trousses à l'heure qu'il est !

– Morbleu, c'est pas nos affaires, au fond. Quant à la petite dame, j'ai tout mon temps, et vous verrez, Raoul, qu'on sera plus que bons amis avant la fin du voyage.

Le tisserand éclata d'un rire gras :

– Vous alors ! Vous faites le pèlerinage pour quoi ? Pour prier ou pour… ?

L'orfèvre se rembrunit, l'air mauvais.

– Holà, l'ami, protesta l'autre. J'ai rien dit ! Vous fâchez pas. Ça me regarde pas, pas vrai ? On fait ce qu'on peut avec ce qu'on a ! Et pourquoi on est ici, ça concerne saint Jacques et c'est tout !

Maître Pierre hocha la tête mais ne dit mot.

Le tisserand haussa les épaules et alla s'allonger un peu plus loin, au pied d'un arbre.

44

Après avoir administré à dame Bérengère une décoction de baies de genévrier qui l'avait grandement soulagée, le chevalier avait monté la garde une grande partie de la nuit. Enfin, il était allé s'asseoir contre une vieille souche et s'était assoupi.

Tout à coup, Humbert, qui somnolait non loin de là, s'était redressé sur son séant, retenant son souffle. Le chevalier avait ouvert les yeux : lui aussi avait entendu.

Il posa la main sur le bras de son compagnon et lui murmura :

– Ne bougez pas, Humbert, on dirait que cela vient du côté du gouffre.

De là où ils étaient, les deux hommes distinguaient à peine la lisière des bois et la clairière qui les entourait. La lune se dérobait derrière un nuage, et le ciel était piqueté d'étoiles. Tout n'était qu'ombres noires, de la cime des arbres jusqu'aux épais fourrés.

Le chevalier fronça les sourcils, se demandant où pouvait bien être le berger à qui il avait confié le tour de garde.

Il secoua la tête avec mécontentement en apercevant le jeune homme profondément endormi près du feu d'où montait encore une vague fumée blanche.

C'était semble-t-il de ce côté qu'était venu le bruit.

Des touffes d'herbes remuèrent, comme agitées par un souffle de vent. Puis, plus rien. Qui, ou quoi que ce soit, cela progressait avec lenteur…

En silence, le vieux Jacquet avait empoigné son bâton ferré et Galeran affermit sa prise sur la garde de son épée.

Il plissa les yeux : les hautes herbes s'écartaient maintenant devant une forme ramassée sur elle-même.

C'est à cet instant qu'un des dormeurs gémit et se retourna dans son sommeil et que tout se précipita.

Un long éclair roux jaillit de l'herbier, en même temps que le chevalier et Humbert se dressaient en hurlant pour prévenir les pérégrins et faire fuir l'assaillant.

Un grand loup bondit par-dessus le berger et saisit dans sa gueule la carcasse du garenne que les hommes avaient abandonnée près du feu.

Puis, en quelques foulées souples et silencieuses, l'animal disparut dans les taillis, emportant son maigre butin.

Réveillés en sursaut par les cris des deux hommes, les pérégrins, affolés, s'étaient mis debout en criant sans même savoir pourquoi.

– Holà, du calme ! s'exclama le chevalier pour couvrir le vacarme. Il n'y a plus rien à craindre, le danger est passé.

– Mais qu'est-ce que c'était ? demanda Garin en s'approchant de Galeran.

– Un loup, mon fils, un loup attiré par l'odeur de notre souper et du conin que nous avons mangé hier soir.

– Ben, le « pied gris » devait avoir encore plus faim que nous ! Y'avait plus rien sur c'te carcasse.

Humbert s'était tourné vers le berger qui s'était relevé tremblant de peur et l'admonestait vertement.

– Tu n'avais que deux choses à faire, espèce de bougre : enterrer cette carcasse comme je te l'ai dit, afin de ne pas attirer les bêtes, et prendre la relève du chevalier. On peut te faire confiance à toi, vraiment !

– Morbleu, renchérit Galeran en regardant le jeune homme d'un air peu amène. Je n'aimerais guère à te confier la garde d'un troupeau, mon ami.

– Oh bon, bon… grommela Manier, mal à l'aise. J'étais fatigué, quoi, ça arrive !

– Nous sommes tous fatigués et cela ne doit pas arriver ! rétorqua Galeran.

Le berger baissa la tête ; il n'y avait rien à répondre à cela et il s'en rendait compte.

– Je serais tout de même d'avis de faire une courte battue dans les fourrés pour voir à qui on a affaire et si les bêtes sont nombreuses, dit Ronan en s'approchant de son frère, le coutel à la main.

Bruna s'interposa :

– Ne vous en mêlez pas ! dit-elle brutalement. Restez là vous tous, je vais aller voir !

– Vous êtes folle, damoiselle ! s'écria le chevalier.

– Mais non, messire, je suis de la famille des loups et sais leur parler ! dit-elle.

Et d'un bond, elle disparut dans les taillis, laissant les hommes abasourdis.

Enfin, Ronan se reprit :

– Ne craignez point, je vais la suivre, dit-il en pénétrant à son tour dans le sous-bois.

Il y régnait un silence insolite que ne troublait pas même le souffle du vent. On entendait juste le tintement cristallin de la rivière qui devait être toute proche.

Sortant des nuages, la lune apparut et le troubadour distingua bientôt la fine silhouette de Bruna qui disparaissait puis apparaissait, escaladant de vieilles souches, se glissant avec agilité entre les fûts des arbres avant de s'immobiliser sur la berge du gouffre.

Ce que Ronan vit alors, il n'en crut pas ses yeux.

La jeune femme s'approchait à pas furtifs d'un loup de grande taille qui semblait figé sur place.

Brusquement, elle se laissa tomber sur le dos et se mit à se rouler par terre. Au bout d'un court instant, le grand loup vint se coucher à son tour près de Bruna et l'imita. Enfin, il se redressa et la jeune femme en fit autant, se mettant à quatre pattes. Alors commença un jeu où Bruna et l'animal avançaient, reculaient, se bousculant à coups de tête et à coups d'épaule.

Pour finir, Bruna se leva et reprit la direction du camp, laissant là son compagnon de jeu qui la fixait de ses yeux jaunes.

En passant devant les taillis où Ronan s'était dissimulé, elle lui jeta :

– Vous auriez pu tout gâcher ! (Puis elle ajouta sans se retourner :) C'est une femelle, elle attend des petits, c'est pour ça qu'elle aime jouer.

Furieux, le troubadour la rattrapa et la saisit par le bras :

– Vous savez vous y prendre avec les loups !

– Les loups, c'est comme les chiens, faut point les craindre !

– Dommage que je ne sois pas un loup alors !

Elle s'arrêta, le toisa, et il se sentit troublé par son regard grave.

– Oui, messire, c'est dommage, dit-elle en dégageant son bras, parce que les loups valent mieux que certains hommes.

– Que voulez-vous dire ?

– Les loups y tuent pas pour le plaisir !

Il ne rétorqua point et ils s'en retournèrent en silence vers le camp.

En arrivant, Bruna dit au vieil Humbert :

– Y'a pas de danger, messire, les bêtes pensent pas à nous pour l'heure.

– Morgué ! Je l'avais ouï dire, s'exclama le Jacquet, mais il faut le voir pour le croire ! Bruna, vous êtes donc une charmeuse de loups et vous ne les craignez point ?

– Ça j'en sais trop rien, mais puisque c'est votre avis, c'est sûrement vrai ! dit tranquillement la jeune fille en allant rejoindre sa maîtresse qui était restée assise près du feu.

Après cet incident, personne ne put, ou ne voulut, se rendormir. Les pèlerins restaient debout, regardant avec nervosité les ombres qui s'allongeaient à l'orée du bois.

Voyant cela, Galeran, aidé d'Humbert, raviva le feu et Ronan prit son rebec, lui arrachant quelques plaintes avant d'entamer une vieille mélodie d'Aquitaine. Tous s'assirent autour des flammes, oublieux de la nuit, pris par le sortilège de la musique.

« Le fils de dame Bruna,
fut engendré sous telle lune
qu'il sait comment l'amour s'égrène.
Écoutez !

Onc, il n'en aima aucune
Ni d'aucune ne fut aimé... »

Ainsi chantait Ronan, le regard perdu au loin.

Tout comme les autres pérégrins, Bruna ne le quittait des yeux, une flamme étrange dans ses prunelles noires.

Un sourire se dessina sur les lèvres de Galeran : il avait reconnu la complainte favorite de son ami Marcabru*, le troubadour au franc-parler.

Tandis que l'archet vibrait sur les cordes, les étoiles s'éteignirent une à une et le ciel devint d'un tendre bleu.

Bientôt un premier rayon de soleil effleura la cime des arbres. L'aube était là, il fallait repartir.

Deux jours plus tard, ils atteignaient les portes de Cahors. Le gouffre de l'Antouy et son grand loup n'étaient déjà plus pour eux qu'un vague souvenir.

45

Célèbre pour la puissance de ses évêques et de ses marchands, Cahors avait tout connu : les Vikings, les Sarrasins, les Huns…

Et de tout cela, elle s'était relevée, arborant fièrement ses hautes murailles et les coupoles de sa cathédrale au-dessus du Lot. Comme la proue d'un vaisseau, la ville forte se dressait sur une presqu'île entourée par les eaux de la large rivière.

(*) Voir *Bleu Sang*

Seul un vieux pont, construit par les Romains, permettait le passage sur l'autre rive et le trafic des marchandises.

Humbert, qui avait déjà séjourné dans le comté de Cahors, conduisit directement ses amis à l'hospitalet de Saint-Jacques. La ville était riche, et le seigneur-évêque veillait à ce que les pèlerins y soient bien traités.

Nombre de Jacquets hébergés en l'hospice étaient partis la veille et il y avait place pour tout le monde. Les moines accueillirent les arrivants avec bonté, les conduisant à un vaste dortoir voûté où les attendaient des nattes recouvertes de peaux de mouton. Il y faisait une douce température entretenue par plusieurs chariotes à feu.

Le père hôtelier prit les habits souillés afin de les faire nettoyer, puis, tout en discutant avec Humbert, mena les pèlerins à l'étuve afin qu'ils s'y puissent laver et raser, s'ils le désiraient. Il leur annonça, en les quittant, qu'en attendant le repas du soir un bol de soupe et un verre de vin leur seraient servis au réfectoire.

Quant à la femme du maçon, les frères avaient pris d'autorité son brancard, la menant vers le quartier des grands malades. Seul son époux avait eu le droit de l'y suivre.

Il faut dire que ces deux derniers jours, l'état de Bérengère avait encore empiré, et cela malgré les soins attentifs du chevalier et du vieux Jacquet, au point qu'il l'avait fallu porter tout au long du chemin.

À plusieurs reprises, lui voyant la peau si blafarde et les yeux clos, son mari s'était affolé, la croyant morte. Mais à chaque fois, Bérengère était revenue à elle, lui agrippant la main et suppliant en pleurant qu'on ne l'abandonne pas.

46

Le fidèle Jaufré avait dit au chevalier qu'il logerait à l'auberge du Chapefol, dans le quartier de la cathédrale Saint-Étienne.

La façade de l'auberge était si étroite que Galeran ne l'eût guère remarquée s'il n'y avait eu, en ce jour de marché, un crieur devant la porte, et un crieur qui déclenchait les rires des passants et des passantes.

Faisant allusion au jeu qui donnait son nom à l'auberge, un jeu de cache-cache, où l'on s'enfonçait la cagoule sur les yeux, l'homme clamait à qui voulait l'entendre qu'« au Chapefol, on pouvait boire et manger les yeux fermés ».

Ce qui faisait hurler de rire les badauds, qui demandaient en se tapant la cuisse s'il fallait, en plus de se mettre capuche sur la tête, se boucher aussi le nez, les oreilles et le reste pour jouer des badigoinces !

Galeran sourit en entendant les reparties du bonimenteur et poussa la porte de l'auberge. Hormis la silhouette du vieil archer, assis solitaire à une longue table, la salle était déserte.

Jaufré commençait à trouver le temps long.

Les premiers temps, il s'était baguenaudé dans la ville, mais depuis trois jours, il ne quittait plus guère la salle basse de l'auberge, guettant les nouveaux arrivants, espérant voir surgir la haute silhouette du chevalier à chaque fois que la porte était poussée.

Un sourire éclaira son visage quand il le vit s'avancer vers lui. Les deux hommes se donnèrent l'accolade, puis le chevalier commanda deux gobelets de cervoise.

– Je m'en faisais du souci pour vous, messire, dit Jaufré en levant son gobelet.

– Tout va bien, compagnon. Et toi, rien de nouveau ?

– Rien à signaler ici, ni sur la route en venant. Point de victimes comme celles que nous cherchons, messire. On dirait que notre homme s'est calmé.

– De mon côté, c'est pareil, et d'ailleurs cela me rebute fort.

– Pourquoi cela ?

– Depuis Le Puy, pour ce que j'en sais, la bête a tué quatre fois… Ce qui me donne à penser deux choses. La première, qui confirme mon hypothèse, c'est qu'avant, elle devait être seule et qu'il lui était plus facile de frapper où et quand elle voulait. La seconde et la plus terrible, c'est qu'elle pourrait frapper très bientôt, avant que je ne la débusque !

Le vieil archer fronça les sourcils, se demandant comment le chevalier pouvait affirmer de telles choses, mais Galeran poursuivait :

– Elle est à l'affût, Jaufré, elle ne pourra résister longtemps au plaisir de tuer à nouveau. Elle aime trop le sang pour ça. De cela au moins, on peut être sûr !

– Faites excuse, messire, vous la croyez donc toujours avec vous ?

– Je ne saurais t'expliquer pourquoi, Jaufré, mais je le sens. Il est d'ailleurs bien difficile de savoir si mes compagnons de route méritent le Ciel ou l'Enfer et qui ils sont vraiment… Difficile de comprendre même pourquoi certains font ce pèlerinage…

Galeran se tut. Il avait les traits tirés et semblait fatigué.

« Ces jours de marche l'ont changé, songea le vieil archer. Ou bien est-ce de savoir qu'un crime va de nouveau être commis sans qu'il puisse l'empêcher ? »

– J'ai parlé avec Humbert, reprit Galeran. La prochaine grande étape sera Moissac. Mais d'ici là, j'ai un travail à te confier.

– Bien, messire, que dois-je faire ?

– Me trouver rapidement un cavalier pour faire parvenir un message au baron.

Le vieil archer réfléchit un instant puis hocha la tête avec vigueur :

– Cela sera fait, messire Galeran, et je n'y ai point de mérite. Le prévôt de Cahors est un obligé du baron de Peyre. Il me trouvera un homme et lui fournira même la monture.

Galeran continua comme pour lui-même, car Jaufré s'était tu.

– Je vais envoyer au baron la liste des gens qui cheminent avec moi. Certains sont soi-disant du Puy, comme l'orfèvre, d'autres des monts d'Auvergne, comme les deux femmes, d'autres d'on ne sait où. Il lui faudra essayer de faire vérifier tout cela et vite.

– Comment pourra-t-il nous joindre ?

– Laissons-lui un peu de temps. Combien de jours allons-nous mettre encore pour atteindre les montagnes ?

– Faut que j'réfléchisse, messire, dit le vieil archer en comptant sur ses doigts. Eh bien, à l'allure où vous allez, et si vous ne vous arrêtez en chemin, ça devrait faire dans les quinze bons jours !

– C'est peu pour que notre messager aille au roc et revienne avec ces renseignements, mais c'est faisable, observa Galeran.

– On peut demander au baron de Peyre d'envoyer

son messager à Ostabat, soit à la jonction des chemins, soit à l'Ospitalia.

– Qu'il en soit ainsi fait, et c'est là que toi aussi tu m'attendras, dit le chevalier en tirant de sa sacoche de quoi écrire. Après manger, nous irons voir les chevaux.

Le vieil archer remarqua :

– Votre destrier vous manque, n'est-ce pas ?

– Oui-da, Jaufré. C'est un vieux compagnon à qui je dois la vie et je n'aime guère à le laisser derrière moi. Il ne te donne point trop de soucis ?

— Non, mais il a le poil terne et baisse le col. Je pense qu'il s'ennuie de vous. Il va vous en vouloir, messire, et puis, même s'il est peu chargé, il n'aime guère à servir de cheval de bât derrière un autre. Cela n'est point dans son caractère.

Un franc sourire éclaira le visage du chevalier :

– Et je le comprends : avec ce qui coule dans ses veines, Quolibet est plus fait pour fendre les rangs de l'ennemi sur un champ de bataille ! Et nous aussi, pas vrai, mon ami ?

Après avoir copieusement déjeuné et bu, Galeran écrivit le message à remettre au baron.

Enfin il accompagna Jaufré aux écuries voisines.

Comme prévu, Quolibet était de mauvaise humeur et fit mine de ne pas prendre garde aux avances du chevalier.

Galeran se retira un peu triste, dit adieu au vieil archer et remonta d'un pas vif vers l'hospital Saint-Jacques.

Les quinquets s'allumaient dans les ruelles et les lourdes cloches de la cathédrale sonnaient déjà l'angélus du soir.

47

Les jambes rompues par la fatigue, Garin s'était installé sur une barrique et regardait la foule qui allait et venait autour des étals débordant de poissons, de céréales et d'épices…

De son perchoir improvisé, à l'angle de la rue des Changeurs, il s'amusait du spectacle de ces hommes sévères qui scrutaient, pesaient, soupesaient, mordaient, égrenaient les florins, besants, deniers, et valeurs de toutes sortes, sur leurs tables de bois ou de pierre.

Il y avait tant d'animation dans cette ville prospère que Garin sentait la tête lui tourner. Et puis, il avait sommeil, très sommeil. Il bâilla longuement et se laissa glisser par terre. Quelques instants plus tard, malgré le brouhaha, il dormait comme une souche, recroquevillé derrière sa barrique.

Quand il se réveilla, il lui sembla reconnaître les intonations d'une voix familière : cela venait de la rue aux Tables. Sans même se lever, il haussa la tête et aperçut la silhouette de l'orfèvre en grande discussion avec un changeur.

Maître Pierre avait posé sur la table une plaque de métal. Le changeur l'avait tout d'abord soupesée dans sa paume puis l'avait mise sur le plateau de sa balance à fléau.

À moins de sortir de sa cachette, Garin ne pouvait entendre tout ce que disaient les deux hommes, mais il comprit bien vite qu'ils n'étaient pas d'accord sur la valeur du métal.

De sa vie, le garçon n'avait jamais vu monnaie comme celle-là et il ignorait que cette étrange petite plaque était un marka d'argent pur.

Maître Pierre éleva la voix, montrant du doigt le métal blanc :

– Je suis orfèvre moi-même, disait-il. Je sais les prix, tout comme vous.

Le changeur haussa lui aussi le ton.

– Vous savez les prix, et moi je dis que c'est rogné, messire l'orfèvre, et cela pourrait vous coûter le pilori !

– Morbleu, vous les Cahorsins, vous êtes tous des voleurs ! s'exclama maître Pierre, une lueur mauvaise dans les yeux.

Puis saisissant le marka d'un geste rageur, il le remit en sa besace et partit d'un pas pressé, passant à côté de Garin sans même le voir.

Le jeune homme se mit debout et s'étira longuement. Un peu plus loin sur la grand-place, il aperçut la silhouette solitaire d'Arastaigne qui se glissait dans un étroit passage.

Ensuite, il repartit, le nez au vent, au hasard des ruelles et se retrouva bientôt sur les remparts qui dominaient les eaux en crue du Lot.

Il resta là, appuyé au parapet, à regarder les épaves que charriaient les courants furieux. L'angélus du soir le surprit au même endroit et il décida de se hâter vers l'hospice.

48

À la tombée du jour, l'endroit était lugubre. Ce n'était qu'un vaste champ de ruines cerné d'un côté par les maisons de torchis des quartiers pauvres et, de l'autre, par un roncier impénétrable.

Des chênes centenaires avaient glissé leurs racines entre les murailles effondrées et le lierre enlaçait les restes blafards des statues de marbre.

Des colonnes de pierre, des chapiteaux sculptés, des frontons gisaient pêle-mêle sur le sol, immense labyrinthe de gravats ne menant plus nulle part…

Garin regarda autour de lui avec inquiétude. Il s'était bel et bien égaré dans cette satanée ville et ces ruines devaient être celles du quartier romain, un souvenir du paganisme que les habitants de Cahors préféraient éviter, surtout la nuit.

Pas très faraud, le jeune homme glissa les mains dans son ceinturon et, tout en sifflant une ritournelle, repartit d'un bon pas.

Au début il marcha tant bien que mal en terrain découvert, puis se retrouva soudain devant l'entrée d'une vaste bâtisse aux murs presque intacts. Humbert lui avait dit qu'il y avait là d'anciens thermes et un théâtre, le Cirque des Cadourques, où jadis avaient eu lieu de grands massacres.

Le jeune homme passa sous un large porche et monta quelques marches donnant dans un couloir obscur. Seul un faible rectangle de lumière semblait indiquer la sortie de l'étroit tunnel. Brusquement le garçon eut l'impression d'être pris au piège et s'élança droit devant lui vers la lumière.

Le cœur battant, il se retrouva sur une esplanade, que seul couvrait le ciel. Courbé en deux, les mains sur les genoux, il s'efforça de reprendre son sang-froid et de respirer calmement ; enfin il se redressa.

Autour de lui, s'élevaient des gradins qui se chevauchaient les uns les autres. Il était au milieu du théâtre antique, un théâtre plus vaste à lui seul que le pauvre village où il était né.

Il commençait à faire sombre. Au ciel apparaissaient les premières étoiles et les ombres s'allongeaient, coulant le long des pierres recouvertes d'une mousse grise.

C'est alors qu'il entendit un bruit de pas. Des pas qui se rapprochaient et résonnaient dans tout l'amphithéâtre.

Garin regarda autour de lui. Avec l'écho, impossible de savoir d'où venait le visiteur.

Les pas s'étaient arrêtés.

– Garin ! hurla une voix reprise par l'écho. Garin ! Garin, où es-tu ?

Le son, déformé et amplifié, se répercutait sans fin, de gradins en gradins.

– Je suis là ! cria le jeune homme, mais vous qui êtes-vous ? Où êtes-vous ? Je m'y retrouve plus, moi, là-dedans…

Il y eut tout près de lui un éclat de rire puis le silence.

C'est alors qu'il trébucha et alla s'étaler au milieu des gravats contre quelque chose de velu et de poisseux.

Il crut d'abord que c'était la carcasse d'un gros animal qu'on avait jetée là. Puis il s'aperçut avec horreur que c'était la fourrure d'un mantel qu'il avait empoignée et que dessous, il y avait une forme humaine, un corps rigide qu'il essaya en vain de retourner. L'homme était bien mort et même plus que mort.

Garin se releva en pestant tout haut comme pour conjurer la répulsion et la peur qui s'étaient emparées de lui.

Il repartit en titubant dans la pénombre ; devant lui se dessinait vaguement la sortie du cirque, un porche à moitié effondré. C'est à ce moment qu'une main le saisit par sa capuche et le tira en arrière.

Il hurla, puis se retournant d'un coup, balança son genou au jugé. L'autre lâcha prise, poussant un hurlement de douleur en roulant au sol.

– Ah ! Mais t'es fou, tu veux donc me tuer ?

La voix était familière mais Garin ne l'identifiait pas encore. Il avait sorti son coutel et se tenait à quelques pas de l'inconnu, le sang au visage, les jambes en charpie.

L'autre grognait toujours et se laissa aller sur le côté pour se relever.

– Qui que tu sois, gronda Garin, ne bouge pas ou gare à mon coutel !

Il faisait si sombre que le jeune homme n'arrivait à distinguer les traits de l'homme.

– Mais triple buse, tu me reconnais pas ? C'est moi Manier ! Manier, le berger. Pourquoi tu m'as frappé ? disait-il les mains nouées sur son bas-ventre. Je t'ai appelé. Je t'avais vu de loin dans les ruelles et puis t'as disparu. J'ai pensé que tu t'étais perdu alors je suis parti à ta recherche.

Garin hésita. Depuis l'incident de la grange, il se méfiait du berger, mais c'était bien sa voix.

Il souffla un peu honteux :

– Et pourquoi ça, t'es parti me chercher ? demanda-t-il.

– Ben, je connais ici, je suis déjà venu avec les

muletiers de Galice et je sais que c'est facile de s'y perdre dans ces ruines.

Garin ne répondit pas tout de suite. Il pensait à l'homme allongé non loin d'eux et demanda d'un ton âpre :

– Tu as vu le corps ?

– Quoi ? dit l'autre avec emportement. Quel corps ?

– Y'a un bonhomme là, à côté, qui est mort, murmura le jeune homme.

– Tu vas nous porter malheur avec tes histoires ! T'es malade, ou quoi ? T'es comme ta mère, t'as les fièvres !

– Parle pas de ma mère… gronda le jeune homme.

Manier leva les mains comme pour se protéger :

– Ça va ! Ça va ! C'est pas méchant, ce que j'en dis. Mais non, j'ai pas vu de corps. Et où ça, un corps ?

– Là, tout près je t'ai dit !

Les deux garçons se turent soudain. Ils avaient entendu un grand cliquetis d'armes. Avant qu'ils aient pu réagir, l'arène fut éclairée par plusieurs flambeaux et ils se trouvèrent encadrés par un détachement de la prévôté.

Un homme d'une taille peu commune les interpella :

– Alors, mes canards, c'est le printemps, on se balade… et c'est pourquoi ce coutel ? ajouta-t-il en arrachant son arme à Garin.

– C'est pour me défendre ! protesta le jeune homme.

– Te défendre de quoi ?

– Ben, de lui, enfin, je croyais. Il me courait après dans les ruines et je l'avais pas reconnu, alors j'ai sorti ma lame. J'essayais de regagner l'hospice de Saint-Jacques, nous allons à Compostelle.

– Nous sommes des Jacquets, ajouta Manier qui s'était relevé en grimaçant.

Le sergent leva sa torche, scrutant un instant les deux visages tendus vers lui.

– Sergent ! Sergent ! hurla l'un des hommes d'armes qui s'était éloigné dans les ruines. Venez par ici.

Le visage du vieil officier se ferma. Il dit d'un ton sec :

– Vous deux, suivez-moi ! On dirait qu'on n'en a pas fini avec vous !

– Oui, sergent, c'est ce que je voulais vous dire, dit Garin en s'approchant.

– Me dire quoi ?

– Que j'ai trébuché sur quelqu'un qui est mort, répondit le jeune homme sans se rendre compte qu'un tel aveu le pouvait condamner.

Le sergent hocha la tête puis se détourna sans mot dire. À l'endroit où Garin avait roulé sur le sol, un des hommes d'armes, la torche levée, éclairait la forme immobile enveloppée dans son mantel.

Le sergent se pencha et souleva la capuche qui masquait la tête du mort, palpant le visage glacé.

– C'est plutôt du joli travail. Viens par ici, toi, dit-il en se tournant vers Garin, et regarde ça.

Le jeune homme obéit puis se redressa, blanc comme un linge.

– Quelle horreur, mon Dieu, quelle horreur !

Le sergent l'observait, impassible.

Quant à Manier, il s'écria :

– Qu'est-ce t'as vu Garin, qu'est-ce t'as vu ? C'est quoi ?

Garin ne répondit pas, il avait mal au cœur et tout ça ressemblait à un mauvais rêve.

– Toi, ferme-la ! ordonna le sergent au berger. Vous deux, menez-moi ce freluquet à la prévôté. On vous rejoindra plus tard.

Deux gens d'armes se saisirent de Manier et bientôt Garin n'entendit plus qu'un bruit de pas qui s'éloignaient. Puis le silence retomba, il était seul avec le sergent et le reste de la patrouille.

Brusquement, le vieux militaire donna une bourrade à Garin :

– Eh ben, mon gars, réveille-toi ! T'avais jamais vu un type égorgé ?

Garin secoua négativement la tête.

– C'est pas beau, hein ? Et pourtant, le gaillard qu'a fait ça, il a pas la main qui tremble, crois-en ma vieille expérience. C'est pas facile de trancher une gorge d'un coup, faut du savoir-faire, comme qui dirait l'habitude !

– Que me voulez-vous ? murmura le jeune homme. Pourquoi on reste ici ?

– On est très bien ici. J'aime pas me dépêcher, rétorqua le vieil homme en plantant sa torche dans la terre et en s'asseyant sur une pierre comme sur un trône. Et vous autres, bande de fainéants, on cherche ! Toi et toi, vous vous occuperez du bourgeois et d'abord fouillez le gamin.

Sans un mot, les hommes se mirent à la tâche. Apparemment le vieux soldat savait se faire obéir.

Après avoir fouillé Garin des pieds à la tête, l'un d'eux se pencha sur le corps pendant que son compagnon l'éclairait. Il le retourna, ôtant les bottes, le riche mantel, palpant le moindre repli des vêtements… Pendant que les autres hommes d'armes promenaient la flamme de leurs torchères dans les décombres.

– Maintenant, assieds-toi mon garçon. Et dis-moi ce que tu sais.

– Mais, mais… bégaya Garin, impressionné par le calme du vieux soldat.

– Tu connais ce bourgeois, n'est-ce pas ?

– Oui, souffla le jeune homme. Il fait partie des hommes qui voyagent avec nous.

– Qui nous ?

– Mon père et ma mère, et Humbert, et enfin, tous ceux qui m'attendent à l'hospice.

– Bien, à l'hospital Saint-Jacques, tu as dit tout à l'heure ?

– Oui, c'est ça.

– Qui est ce bonhomme-là ?

– C'est un orfèvre du Puy, je crois. Il se nomme maître Pierre. C'est tout ce que je sais.

– Que non, mon gars, tu dois savoir beaucoup d'autres choses. Parle-moi un peu de tes compagnons.

Garin obéit, se détendant au fur et à mesure qu'il répondait aux questions du sergent.

La flamme de la torche plantée dans le sol projetait leurs deux ombres déformées sur les vieilles murailles, et Garin parlait, parlait.

L'homme qui avait fouillé le corps revint vers eux et déclara :

– Rien, sergent.

– Morbleu ! C'est quoi rien ? dit le vieil homme d'armes.

– Pas de bijoux, pas de sacoches, pas de bourse et pas d'armes non plus, mais on lui a pas pris ses bottes ni son mantel qui valent leur pesant d'or.

Garin hésitait. Il se souvenait maintenant de la rue aux Tables et de l'étrange monnaie sur la balance du changeur. Le sergent sentit que quelque chose le tracassait :

– Qu'y a-t-il mon gars ? Parle, l'encouragea-t-il.

– Il avait de l'argent, l'orfèvre. Cet après-midi même, il était dans la rue des changeurs, je l'y ai vu.

Et Garin conta la discussion qu'il avait surprise.

– Une plaque de métal blanc, dis-tu ? Une plaque grosse comment ?

– Comme ça ! dit Garin en écartant les doigts.

Le sergent siffla :

– Ce gaillard se baladait avec un marka d'argent dans les poches et peut-être plusieurs ! Même s'il était rogné, son marka, on en a tué pour moins que ça. Tu pourrais reconnaître le changeur ?

– Sans doute, répondit Garin. (Puis après un bref silence :) Dites sergent, vous me croyez coupable de tout ça ?

– Qu'en penses-tu, mon gars ?

Garin réfléchit, puis déclara :

– Il me semble que vous le pourriez. J'avais un coutel à la main quand vous m'avez trouvé, je connais le mort et je savais même qu'il avait de l'argent, beaucoup d'argent d'après ce que vous dites.

– Oui-da, fit le sergent d'un ton bourru. Tu pourrais effectivement finir dans une geôle ou pire, au gibet…

Garin pâlit.

– Mais, continua l'homme, c'est à cause de tout ça que tu seras libéré. Si le prévôt veut bien m'accroire.

Garin ne répondit rien, le cœur lui battait et il remercia Dieu d'être tombé dans les mains d'un vieux renard pas plus méchant que celui-là.

– Sergent, regardez ce que j'ai trouvé ! criait l'un des hommes d'armes, tenant dans sa paume un fin coutel à la lame souillée.

– C'est bien, bande de moins que rien. Alors on rentre à la maison. Un bon feu, un bon repas, un bon lit, c'est tout ce qu'il nous faut.

– C'est avec ça qu'on l'a tué ? souffla le jeune homme.

– En tout cas, mon gars, ça en a l'air ! Et pour faire le travail que t'as vu, cette lame est plus adaptée que la tienne et sacrément plus coupante, dit-il en passant son doigt sur le fil du coutel.

– Et Manier, vous le croyez coupable ? questionna Garin sur le chemin du retour.

– J'sais pas, mon gars. Je prendrai mon temps pour l'interroger. C'est ton ami ?

– Non pas, répondit Garin plus sèchement qu'il n'eût voulu.

– Tant mieux, parce qu'il m'a tout l'air d'un bélître et je ne jurerai pas de ses mœurs ni de sa droiture, grogna le sergent. Vois-tu, petit, lorsque nous sommes arrivés près du corps de ce malheureux, il était déjà froid et couvert de rosée. Si vous l'aviez tué, il y a longtemps que toi et le berger vous auriez décampé.

– Alors, vous me croyez, vous allez nous libérer ? s'écria Garin.

Le vieux soldat ne parut pas entendre la question.

Ils arrivaient devant la poterne, bardée de fer, de la prévôté. Les gardes s'écartèrent et la lourde porte se referma derrière eux.

49

Effectivement, le sergent prit son temps.

Garin et Manier passèrent le reste de la nuit à la prévôté en compagnie d'une turbulente famille de rats dans une cellule qui empestait l'urine.

Le lendemain matin, le vieux soldat se rendit à l'hospice Saint-Jacques où il interrogea les moines et les Jacquets un à un, et fit fouiller par ses hommes leurs maigres bagages.

Galeran et Humbert furent sommés d'identifier le corps de l'orfèvre et les hommes d'armes les conduisirent à la salle basse où il reposait.

Au quartier des changeurs, Garin retrouva le marchand qui avait accusé l'orfèvre. Lui aussi reconnut formellement le corps de la victime : c'était bien cet homme-là, déclara-t-il, qui se promenait dans Cahors avec un marka d'argent rogné…

Le prévôt, qui devait partir aux marches du comté, confia l'affaire au sergent qui fit relâcher Garin le soir même.

Quant à Manier, il resta deux jours de plus à la prévôté, mais comme il n'y avait aucune preuve contre lui, il fut relâché à son tour.

De toute façon, pour le vieux sergent qui n'en démordait pas, la blessure qui avait ôté la vie à l'orfèvre était l'œuvre d'un tueur aguerri et non d'un berger ou d'un jeune maçon !

Il soupçonnait davantage une bande de goliards qui, pour l'heure, terrorisaient les bourgeois de Cahors. On ne comptait plus les vols, les agressions et les effractions commis par ces malfrats qui, depuis un bon moment, donnaient du fil à retordre à la prévôté.

– Ces ribauds, expliqua-t-il au chevalier et à Humbert, sont capables de tout. Il suffit qu'ils aient vu le manège de l'orfèvre avec son marka, et comme ils n'en étaient pas à un meurtre près !

Le lendemain, l'affaire était close. Le corps de maître Pierre avait été porté en terre et les pèlerins quittaient Cahors pour le pays gascon.

Cinquième partie

« Et Yahvé mit un signe sur Caïn afin que le premier venu ne le frappât point. »

Genèse

50

Depuis la mort de l'orfèvre, quelque chose s'était brisé dans le petit groupe. Non que maître Pierre fût particulièrement aimé, mais il était l'un des leurs, et sa mystérieuse fin avait laissé les pérégrins démunis et inquiets.

Après leur départ de Cahors, alors qu'ils s'étaient arrêtés pour se restaurer au bord d'un ruisseau, le chevalier entraîna Humbert à l'écart :

– Je n'ai guère eu le temps depuis notre dernier entretien, messire Humbert, de tenir parole, dit Galeran en s'adossant à un arbre.

Le Jacquet s'assit sur une souche et, posant sa sacoche à ses côtés, leva les yeux vers lui :

– Il est vrai, chevalier. Mais je pensais bien que vous finiriez par venir à moi.

– L'autre jour, vous avez voulu savoir pourquoi je faisais route à vos côtés. Je vais vous le dire, Humbert, et vous demander d'en garder le secret.

Le vieux haussa les épaules en silence.

– Je poursuis un meurtrier de la pire espèce, jeta brutalement Galeran en scrutant le visage du vieil homme.

Il en fut pour ses frais car le vieux pérégrin ne

broncha pas ; les bras croisés sur sa poitrine, il semblait prêt à tout entendre.

Et Galeran lui conta ce qu'il savait de celui qu'il appelait la bête immonde, ne lui épargnant aucun détail, même les plus répugnants… La seule chose qu'il garda pour lui, et elle était de taille, c'était l'existence de Jaufré et ses liens avec le baron de Peyre.

Quand il eut fini, le vieil homme leva vers lui un drôle de regard, mélange de lassitude et de détermination :

– Vous savez, chevalier, durant toutes ces années, je pense avoir cheminé à côté de bien des louches voyageurs. Des coquillards, des voleurs, des meurtriers sans doute, mais jamais je n'ai voulu me préoccuper de ce qu'ils étaient vraiment…

Le Jacquet laissa sa phrase en suspens.

– Et cette fois-ci, Humbert ?

Le vieil homme, comme s'il ne voulait répondre, rétorqua avec vivacité :

– La mort de l'orfèvre, chevalier, vous ne m'en avez rien dit ?

– Il est vrai, Humbert. Cette mort me laisse perplexe. Cette gorge tranchée, ce marka d'argent rogné ne ressemblent guère aux manières de celui que je poursuis, et pourtant…

– Pourtant ?

– Pourtant, il y a un lien, j'en mettrais ma main au feu !

– Lequel ? dcmanda le vieil homme.

– Ce lien, c'est notre groupe, Humbert !

Le vieux pérégrin resta sans voix. Le visage contracté, les lèvres serrées, il fixait le chevalier.

– Notre groupe qui, je l'ai vérifié avec vos témoignages à tous, a pris mon frère et les deux bourgeois après Aumont. Notre groupe qu'ont ensuite rejoint Arastaigne et Manier le berger, alors que vous autres étiez encore sur les terres du baron de Peyre. Notre groupe, surtout, qui est parti de la Dômerie en laissant derrière lui le cadavre d'un jeune novice arrangé comme tous ceux que l'on a trouvés auparavant ! Notre groupe, enfin, qui vient de perdre de mort violente un de ses hommes, et cela, c'est nouveau.

– Et si vous vous trompiez, Galeran ?

– J'aimerais que ce soit le cas, Humbert, répondit le chevalier avec lassitude. J'aimerais que ceci reste un mauvais rêve et que le chemin de l'étoile ne soit pas souillé de sang !

Le vieil homme sembla se décider :

– Qu'attendez-vous de moi, chevalier ? Vous n'êtes point homme à chercher un confident, ce me semble ?

– Messire Humbert, j'attends de vous un avis. Juste un avis sur chacun de ces hommes avec qui vous avez cheminé bien plus longtemps que moi et dont certains, peut-être, se sont ouverts à vous ?

– Je crois à la rédemption, Galeran. Je crois que beaucoup de ces hommes et de ces femmes vont à Compostelle pour cela et peu m'importe ce qu'ils sont ou ce qu'ils ont fait. Quant à ceux qui se sont confiés à moi, je ne les trahirai, dit le Jacquet.

– Je ne cherche rien d'autre que l'assassin de ces enfants, protesta Galeran.

– Peut-être n'imaginez-vous pas, chevalier, ce que vous risquez de trouver ! dit le vieil homme en s'appuyant sur son bâton pour se lever.

– Que voulez-vous dire, Humbert ?

– Rien de plus que ce que j'ai dit, chevalier. Je garderai votre secret comme je garde ceux des autres et vous conduirai à Compostelle tout comme eux, si vous le désirez, rien de plus.

Et Humbert s'éloigna sans que Galeran cherche à le retenir.

Le chevalier se laissa tomber au pied de l'arbre. Une sourde colère l'habitait, colère contre lui-même, contre son frère, contre Humbert, contre tout ce qui se dressait sur son chemin et qui l'empêchait de discerner la vérité.

Cette vérité qu'il avait parfois l'impression de toucher du doigt et qui lui échappait.

Il voyait défiler les visages de ses compagnons de rencontre.

Maître Raoul qui, depuis la mort de l'orfèvre, partageait son temps entre la prière et des beuveries avec Ronan.

Manier, le jeune berger, qui ne quittait guère Arastaigne.

Garin, que la mort de l'orfèvre et son emprisonnement avaient rendu silencieux.

Quant à Guillaume le maçon, il dépérissait comme s'il mourait à petit feu, en même temps que sa femme. En une nuit, ses cheveux avaient blanchi, lui donnant les années qu'il n'avait pas.

La prédiction qu'Humbert leur avait faite un soir de veillée se réalisait. Le pèlerinage faisait son œuvre et les transformait, leur révélant surtout ce qu'ils ne voulaient voir, ce qu'ils avaient peur de voir.

Galeran leva la tête. Raoul l'appelait : le vieux Jacquet avait donné le signal du départ et les pèlerins s'étaient mis debout. Il attrapa sa sacoche et rejoignit sa place, non loin de la litière où reposait Bérengère.

La voix enrouée par l'émotion, Garin parlait à son père :

– Nous devons nous arrêter dans un hospitalet. Mère allait bien mieux quand nous étions à Cahors. Il lui faut des soins et de la chaleur. C'est cette route qui nous la tue.

Le maçon secoua la tête d'un air buté et, sans rien répondre, continua à avancer.

– Je ne veux pas m'arrêter, Garin, je ne veux pas, souffla Bérengère. Je veux aller à Saint-Jacques. Il le faut, tu entends !

Tout en sachant qu'il lui obéirait, le jeune homme protesta. Il regardait son visage amaigri et s'étonnait que tant de volonté l'anime encore.

– Mais il faut d'abord guérir et tu ne guériras point ainsi, même si père et moi nous te portons tout au long du chemin.

Le visage de la femme se creusa davantage et elle saisit le poignet de son fils entre ses doigts maigres :

– Je vais mourir, Garin, je le sais. Ne me laisse pas. Je veux aller plus loin encore, toujours plus loin, derrière ces collines. Jure, mon fils, que tu m'y mèneras…

Et Garin jura, la vue brouillée par des larmes qui ne voulaient couler.

Le chevalier qui, avait tout entendu, se pencha sur le jeune homme et lui dit avec fermeté :

– Donnez, Garin, je vais vous relayer un peu. Vous reprendrez votre place dans un moment.

Le jeune homme hésita, puis acquiesça d'un signe de tête et Galeran empoigna les brancards de la litière.

Garin allongea le pas, malgré sa fatigue. Sa silhouette un peu raide d'adolescent prit bientôt la tête de la petite troupe et la distança rapidement.

51

Trois jours plus tard, après avoir cheminé par les coteaux blancs et secs du Quercy, les pérégrins se retrouvèrent dans des vallons boisés puis dans la plaine du Tarn où se dressait l'abbaye de Moissac.

Les anciens marais — où Clovis avait, dit-on, lancé son javelot pour marquer l'emplacement de son abbaye aux mille moines — avaient été asséchés et des champs fertiles s'étendaient maintenant jusqu'au pied des remparts de la ville.

On était dimanche et les cloches carillonnaient le rappel de la grand-messe.

Une foule compacte se pressait aux portes de la ville. Des charrettes chargées de familles entières de paysans se mêlaient aux pèlerins et aux marchands. Tous remontaient vers l'abbatiale où l'abbé Géraud attendait ses fidèles.

Après la célébration, les pérégrins s'étaient dispersés dans Moissac. Ronan était parti avec Raoul et Manier boire un coup dans une auberge non loin du parvis. Humbert et Arastaigne discutaient avec un groupe de pèlerins venu du Puy, comme eux.

Galeran se retrouva avec la Farouche et sa maîtresse. Il tendit la main vers la jeune fille et déclara :

– J'ai vu une fontaine par là. Donnez-moi vos gourdes, damoiselle, je vais aller les remplir.

Défiante, Bruna hésitait, et Galeran lui sourit :

– Pourquoi tant de méfiance, damoiselle ? Je vous promets de ne pas m'ensauver avec.

– Vous vous moquez, chevalier.

– C’est vrai, dit-il, et vous en demande bien pardon, mais depuis que nous cheminons, vous m’évitez avec tant d’application…

– Il n’y a pas que vous que j’évite, messire, rétorqua la jeune fille.

– D’où êtes-vous donc, damoiselle Bruna, pour être si têtue ? Par chez nous, en Bretagne, les filles ont pourtant la tête dure comme le granit.

La jeune fille sourit faiblement. Les cernes sous ses yeux s’étaient accentués, des mèches s’échappaient de ses tresses défaites. De toute évidence, elle était à bout. Le chevalier lui dit doucement :

– Voilà ce que je vous propose, damoiselle Bruna. Nous allons d’abord dîner avec votre maîtresse. C’est moi qui régale, et après, si vous en avez toujours envie, je vous parlerai de mon pays et vous me parlerez du vôtre.

L’air buté, la jeune fille déclara :

– Je ne veux aller dans une auberge avec ma maîtresse.

– Qu’à cela ne tienne, nous mangerons sur l’herbe, rétorqua le chevalier. J’ai vu une fillette là-bas, qui vend des pâtés, des beignets et des œufs. Je vais vous en quérir, avec un peu de vin.

Et avant que Bruna ait pu dire non, le chevalier était parti.

Elle le regarda s’éloigner dans la foule et soupira. Elle se sentait si lasse. Elle n’avait même jamais imaginé avant de faire ce pèlerinage qu’on puisse être aussi épuisé de corps et d’âme.

– Venez, damoiselle, dit une voix claire près de son oreille.

Elle sursauta, car elle n’avait vu revenir le jeune chevalier. Il avait les bras chargés de victuailles et portait une calebasse emplie de vin.

– Il y a un pré et des ombrages derrière l'abbaye, à deux pas d'ici, vous venez ?

Bruna réalisa tout à coup combien elle avait faim. N'hésitant plus, elle saisit la main de dame Freissinge, jeta sa sacoche sur son épaule et suivit le chevalier qui s'éloignait déjà.

Galeran les attendait au pied d'un cerisier en fleur bourdonnant d'abeilles. En les voyant venir toutes deux, il se demanda laquelle était l'ombre de l'autre. Ayant jeté son mantel sur l'herbe tendre, il fit signe aux jeunes femmes de s'y asseoir et s'installa en face d'elles.

– Je suis d'avis de faire un sort à ces bonnes choses ! dit-il en coupant deux solides tranches de pâté qu'il mit sur du pain méjean.

Les yeux brillants, Bruna saisit sa part et la dévora à belles dents tandis que sa maîtresse coupait des petits morceaux qu'elle mangeait du bout des lèvres en soulevant sa mantille.

Galeran sourit et leur passa la calebasse emplie de vin clairet puis deux gros beignets fourrés au miel.

Poussant un profond soupir de satisfaction, Bruna se lécha les doigts et écarta une guêpe importune. Un peu de couleur était revenue à ses joues et elle éclata d'un rire spontané :

– Dieu que j'avais faim. Merci chevalier, c'est le meilleur repas que j'aie fait depuis longtemps.

– Merci à vous, damoiselle. Vous avez bien meilleure figure, savez-vous ?

– Pourquoi vous intéressez-vous à nous, messire ? demanda soudain la jeune fille en essuyant sa bouche avec un coin de sa cotte.

Galeran se mit à rire à son tour :

– Mais ce n'est que justice, damoiselle. Est-ce que vous ne vous intéressez pas aussi aux autres, même s'ils marchent à quatre pattes et ont le poil roux ?

La jeune femme leva sa petite main avec colère, puis la laissa retomber sur ses genoux :

– Vous êtes malin, messire, comme votre frère qui a la langue trop bien pendue… pourtant vous ne vous ressemblez guère.

Le chevalier rétorqua :

– Je ne sais si c'est compliment en votre bouche, damoiselle, mais que trouvez-vous à Ronan ?

Bruna réfléchit puis déclara avec aplomb :

– Je vous ai observés, tous les deux. Et je me suis dit que vous et votre frère ne semblez pas faire un bon attelage. Vous ne cheminez même plus à ses côtés. Quand il va boire et ripailler, c'est avec le Raoul ou le Manier, rarement avec vous…

Un mince sourire se glissa sur les lèvres du chevalier :

– Il est vrai, damoiselle, que j'étais tout jeune quand Ronan est parti de chez nous pour voir le monde, et la vie nous a maintenus éloignés. Quand je l'ai rencontré à Conques, cela faisait près de dix ans que je ne l'avais vu…

– Mais pourquoi, si vous ne vous accordez pas, faire ce pèlerinage avec lui ? rétorqua Bruna avec justesse.

Le chevalier hésita, puis répondit simplement :

– Après toutes ces années, je ne savais quel homme était devenu mon frère, damoiselle. Je comptais sur le blanc chemin pour nous rapprocher et ma foi, je l'espère encore.

La petite rougit, un peu gênée, et hocha la tête :

– Pardonnez-moi, messire, je ne voulais…

– Il n'y a pas de mal, damoiselle, dit le chevalier

d'un ton léger. Mais à votre tour maintenant, Bruna, parlez-moi de vous !

– Que voulez-vous savoir ? dit-elle en arrachant une fleur de trèfle rose qu'elle se mit à sucer comme une friandise.

– Ronan m'a dit que vous veniez des montagnes d'Auvergne, c'est vrai ?

– J'y suis née, oui-da, messire, comme ma mère et la mère de ma mère avant moi. Et j'habitais, jusqu'à ces derniers temps, un domaine appartenant au seigneur d'Apchon.

– C'est une contrée sauvage, et rude pour ses habitants, à ce qu'on m'a dit ?

La réponse jaillit avec une énergie qui fit sourire le chevalier :

– C'est chez moi, chevalier !

Et Bruna continua, comme si elle voyait soudain se dérouler le paysage de son enfance :

– Je suis de Nérestang, dans la vallée du Falgoux. C'est un hameau, avec une maison forte tout contre une falaise abrupte, les rochers d'Angouran. C'est là que je suis venue au monde, dans cette combe où coule le ruisseau de Loudeyre.

– Nérestang, c'est un joli nom, murmura le chevalier. Cela vient sans doute, du latin « *Nigrum stagnum* »...

– Que dites-vous chevalier ? Vous entendez le latin comme les clercs ?

– Je dis que le nom de votre hameau veut dire le « noir qui reste », ou quelque chose d'approchant...

Interloquée, Bruna murmura :

– Oui, vous avez raison, chevalier, c'est sûrement cela. Bien que je ne comprenne la langue de messe, la vallée est encaissée, et toujours l'ombre y séjourne sur un versant, alors que l'autre reste au soleil. Le noir restant, vous l'avez bien dit !

Un long moment, ils demeurèrent silencieux, perdus dans leurs pensées, et on n'entendit plus que le gazouillis d'un ruisseau tout proche.

Enfin, Galeran se leva et fit signe à Bruna de le suivre. Quand ils furent à quelque distance de dame Freissinge, le chevalier dit à mi-voix :

– Pourquoi avez-vous accepté de faire ce pèlerinage, Bruna, surtout avec une femme qu'il vous faut tant surveiller ?

– Je suis fille libre, mais j'ai donné ma parole, messire ! Ainsi, mon seigneur veillera sur ma mère qui est veuve et n'a que moi, si je ne reviens au pays.

– Mais pourquoi le seigneur d'Apchon a-t-il jeté sur les routes sa femme, car c'est sa femme, n'est-ce pas ? Avec pour toute escorte une jeune fille sans expérience, plutôt que des hommes aguerris ?

Le visage de la jeune femme s'assombrit. Elle se détourna, faisant signe à sa comparse de la rejoindre.

– Ceci n'est pas mon affaire, messire, on me commande et j'obéis, j'ai fait cela toute ma vie et n'en démordrai point. Maintenant, il faut que nous allions retrouver nos compagnons. Encore une fois, merci pour ce repas excellent.

Le chevalier hocha la tête :

– Il est vrai que la raison de tout ceci ne me regarde point, Bruna. Mais peut-être aurais-je remède au mal de votre maîtresse ?

La jeune fille s'était immobilisée ; ses lèvres tremblèrent comme si elle allait parler mais elle se ressaisit :

– Je ne le pense pas, chevalier, et puis point n'est besoin de se tourmenter. Ce voyage est déjà bien avancé et guérira sûrement ma maîtresse de ses maux. Et ce n'est pas parce que deux pérégrines voyagent seules qu'il y a là grand mystère.

Le chevalier esquissa un geste de protestation, et Bruna reprit, se redressant comme un petit coq :

– Et puis, même si je ne suis pas un homme aguerri, comme vous dites, peut-être ne suis-je pas non plus une fille sans expérience ?

Cela dit, la Farouche prit sa compagne par la taille et l'entraîna en riant.

52

Pour quitter Moissac, les pèlerins devaient emprunter un chemin de halage le long des berges du Tarn jusqu'à La Pointe, où un vieux bac les déposerait sur l'autre rive.

En cet endroit, la rivière rejoignait la Garonne. Mais cette année-là, la fonte des neiges avait fait enfler plus que de coutume le cours des eaux.

Les faubourgs étaient inondés, et c'est les pieds dans l'eau que les pèlerins s'arrêtèrent, bien malgré eux, devant l'église Saint-Martin.

En contrebas, des barques glissaient rapidement entre les saules et les ormes, sur ce qui avait été le chemin de halage.

Les moines avaient bien prévenu Humbert de l'inondation de la basse ville, mais le vieux Jacquet ne pensait pas que c'était à ce point. En voyant les eaux boueuses heurter en tourbillonnant le flanc des coteaux, de part et d'autre du fleuve, il comprit pourquoi tant de Jacquets s'étaient réfugiés chez les Clunisiens en attendant de pouvoir repartir.

Il héla un vieil homme qui, les braies relevées jusqu'aux genoux, sortait de sa maison.

– Dieu soit avec vous, mon brave, nous sommes des pérégrins et devons rejoindre le bac de La Pointe.

– Morgué, c'est pas possible, mon bon ! s'écria le vieux. Vous arriverez pas au bac. Ici, on a déjà de l'eau jusqu'aux chevilles et on risque d'être emporté. Il vous faudrait une barque pour y aller et encore je m'y risquerais point. Pensez, à l'hospital de La Pointe, ils ont évacué les malades sur les hauteurs.

– Le bac marche quand même ?

– Oui-da, depuis que ça monte plus, y paraît qu'il retourne à la Bernade, mais c'est surtout à cause du marché aux bestiaux.

Humbert réfléchit, puis déclara d'un air décidé :

– Nous ne pouvons pas attendre ici. Par où peut-on passer pour rejoindre La Pointe ?

– C'est difficile, vous savez, surtout avec votre brancard, dit le vieux en montrant la litière où gisait Bérengère.

– Vous devez bien connaître une piste pour y aller, l'encouragea Humbert.

– Hum. Mirez par là, dit le vieux en tendant sa canne vers un chemin qui montait à flanc de coteau. Si vous passez sur c'te chemin, poursuivez jusque vers la ferme de la Madeleine basse. À la roche ronde, vous tournez par la sente herbeuse qui vous mènera jusqu'à l'hospital de La Pointe, comme je vous dis.

– Et le bac voudra bien prendre des pérégrins ?

– Si vous avez une prière en trop et un sou à perdre, dit l'autre en clignant de l'œil, y fera un effort pour des Jacquets comme vous. C'est un mien cousin, dites-lui que c'est le vieux Joseph qui vous envoie. Il faut bien se rendre service, pas vrai ?

53

Le bac de La Pointe, grand radeau de rondins se déplaçant le long d'une traille, glissait lentement sur le fleuve. Sur la rive en face, assis au pied d'un orme, attendait un vieux berger avec ses chèvres.

Debout au milieu du radeau, les pérégrins, arc-boutés, halaient le long câble qui se tendait au-dessus de l'eau sale. Le bac était lourdement chargé et la manœuvre difficile, car le passeur avait insisté pour emmener quelques bêtes.

Ils avaient quitté la berge, vaste bourbier d'où se retirait lentement une eau noirâtre, et venaient à peine de dépasser La Pointe.

Les eaux charriaient encore toutes sortes de dangereuses épaves, des troncs d'arbres et même des cadavres d'animaux aux ventres gonflés qu'il fallait écarter du radeau à grands coups de gaffes.

Soudain le passeur, qui scrutait les remous du fleuve d'un œil inquiet, hurla :

– Attention ! Droit devant nous, cramponnez-vous au traillon, ça va secouer !

Les pèlerins saisirent le câble à pleines mains et, dans un sourd grincement, le bac s'immobilisa.

Mais ils ne purent éviter un gros arbre qui, les branches dressées au-dessus de l'eau, venait droit sur eux. Il les percuta avec un bruit sourd, ébranlant l'embarcation qu'il se mit à pousser.

La traille se tendit à se rompre tandis que des cris retentissaient à l'autre bout du radeau.

Garin, qui s'était précipité vers le brancard où gisait sa mère, avait trébuché et basculé par-dessus bord.

Avant que quiconque ait eu le temps d'intervenir, l'on vit plonger la Farouche dans l'eau bourbeuse, essayant de rattraper le jeune homme qui semblait avoir perdu connaissance.

– Ne lâchez pas la traille ! hurla le passeur en se précipitant avec sa hache sur les branches de l'arbre qui s'étaient emmêlées dans le cordage.

En quelques vigoureux coups de lame, il fit tomber les rameaux sur le pont. Le grand tronc, entraîné par le courant, glissa le long du bac avant de s'éloigner.

– Aidez-moi ! criait Bruna, qui par miracle avait rejoint Garin et lui maintenait la tête hors de l'eau, mais n'arrivait à le hisser à bord.

Le chevalier se précipita, attrapant le jeune homme par les cheveux, puis par les aisselles. Il le hissa sur le pont avec l'aide de Ronan.

Quant à la jeune fille, couverte de boue noirâtre, elle s'était débrouillée seule, comme à son habitude, pour grimper à bord. Elle claquait des dents et s'enveloppa à la hâte dans la couverture que lui tendait le troubadour en chantant : « Elle était noire mais belle, la reine dont s'éprit Salomon ! »

Pour une fois, elle ne répliqua pas ; elle n'avait d'yeux que pour Garin qui gisait inerte aux pieds du chevalier.

Le jeune homme ne semblait plus respirer et Galeran s'agenouilla près de lui.

Il nettoya rapidement sa bouche de la boue qui l'obstruait et lui mit la tête en arrière. Puis il se pencha, lui pinça les narines et, tout en collant ses lèvres aux siennes, lui insuffla de l'air une première fois, puis une seconde.

Tous se taisaient, les mains crispées sur la traille : les Jacquets et le passeur regardaient les efforts du chevalier.

Soudain la poitrine de Garin se souleva et il toussa en régurgitant une eau sale. Il était sauvé ! Galeran l'aida à s'asseoir et Bruna vint s'agenouiller près de lui.

Le chevalier se releva, faisant signe à Humbert et à Guillaume que tout allait bien. Bérengère, inconsciente, n'avait rien vu et c'était aussi bien.

– Qu'est-ce qui s'est passé ? gémissait Garin en portant la main à sa gorge. J'ai l'impression d'avoir bu toute l'eau du fleuve.

– C'est un peu ça, dit Ronan en riant. Heureusement pour toi, la Farouche t'a empêché de finir le flacon !

Le jeune homme se tourna vers Bruna, voyant dans quel piteux état elle se trouvait.

– C'est toi qui m'as sauvé ? murmura-t-il doucement.

La Farouche se leva comme s'il l'avait mordue. Quand elle répondit, ce fut d'un ton peu amène :

– Pas la peine de me regarder avec tes yeux ronds. De toute façon, c'était moi la plus près. Et puis, sans le chevalier, t'étais mort !

Et la mine butée, elle alla reprendre sa place le long des cordages, lui tournant ostensiblement le dos.

Le bac heurta la rive et le passeur coinça la traille, installant sa passerelle sur un monticule de terre qui émergeait de la vase.

Après avoir remercié le brave homme, les pèlerins descendirent sur la berge inondée, leurs paquetages sur la tête.

Humbert passa devant, et Ronan et Galeran prirent d'autorité la litière de Bérengère qu'ils mirent à l'épaule.

La prairie ressemblait à un drap noirâtre et mouvant qui s'enfonçait un peu plus à chaque pas. De l'eau jusqu'à mi-cuisses, ils avançaient lentement, agrippés les uns aux autres pour ne pas être entraînés par le courant, se dirigeant vers l'orme où s'était tenu le vieux berger avec ses chèvres. Au moins, là-bas, ils seraient au sec.

De loin en loin, s'envolaient des canards et des poules d'eau que leur venue effrayait.

Enfin, les vêtements souillés et les bottes emplies de vase gluante, ils se laissèrent tomber, épuisés, sur l'herbe sèche.

Un vent tiède leur balayait le visage.

Humbert se redressa et, mouillant son index dans sa bouche, tendit le bras afin de savoir de quelle direction il venait.

– C'est le vent d'autan, n'est-ce pas ? dit Ronan qui avait vu son manège.

– Oui, répondit Humbert, de la pluie en perspective. On n'avait vraiment pas besoin de ça.

54

La pluie était venue, drue et torrentielle, comme elle sait l'être dans le Sud.

Cinglant les visages, détrempant les vêtements et noyant les chausses, cassant les branches des arbres, transformant les chemins en rigoles de boue jaunâtre dans lesquelles les pèlerins glissaient et trébuchaient.

Trois jours de marche à travers les collines de Gascogne amenèrent la petite troupe en piteux état aux portes de la ville de Lectoure.

Aussi soudainement qu'il avait commencé, le déluge avait cessé, cédant la place à un ciel d'un bleu intense.

Du haut de son éperon rocheux, l'ancienne cité gallo-romaine, l'étendard de la vicomté de Lomagne flottant sur ses remparts, dominait fièrement les crêtes environnantes.

C'était jour de marché en haute ville, et les pérégrins décidèrent d'acheter quelques provisions car le peu qui leur restait encore s'était gâté dans leurs aumônières trempées.

Les mantels souillés de boue, ils avaient si piètre allure qu'on les eût pris pour des larrons, si la grande cape aux trois coquilles et la mine fière d'Humbert n'avaient proclamé le contraire.

Ils achetèrent un peu de pain frais, de viande salée et de fromage, et le Jacquet les mena par des ruelles en pente vers la fontaine d'Houndélia où ils s'assirent et commencèrent à manger.

– Il paraît, dit le vieux Jacquet en montrant le large bassin d'où s'écoulait une eau limpide, que cette source était autrefois dédiée à la déesse Diane. Encore aujourd'hui, les Lectourois y jettent piécettes pour s'attirer les grâces de cette puissante divinité.

– Bon, bon, grommela le tisserand en remplissant sa calebasse. C'est bien joli tout ça, je dis point, c'est l'eau d'une déesse, mais l'eau, on en a notre compte. Enfin, quand allons-nous nous arrêter, Humbert ? Nous n'en pouvons plus et puis regardez dans quel état nous sommes, plus un poil de sec, des têtes à faire peur…

– Pourquoi on s'arrêterait pas ici, d'abord ? surenchérit le berger avec aigreur.

– Il n'y a plus de place à l'hospice ni chez l'habitant, dit le Jacquet en faisant le tour des visages maculés de boue qui se tendaient vers lui.

– Et en basse ville ?

– C'est la même chose dans tout Lectoure. Nos compagnons Jacquets sont nombreux et beaucoup sont très malades.

– Qu'allons-nous faire alors ? demanda Bruna d'une voix atone.

Son visage pâli et ses yeux ternes firent plus d'effet au vieil homme que tous les reproches des autres pérégrins. Mettant toute l'ardeur dont il était capable dans sa voix, il s'écria :

– Courage, mes amis ! Courage ! Pour aujourd'hui, il nous reste à peine trois lieues à parcourir. Nous nous arrêterons à Abrin. Il y a là une commanderie des Hospitaliers de Saint-Jean de Jérusalem qui pourra nous accueillir, je vous en donne ma parole.

– Va pour les Hospitaliers ! dit Ronan avec humeur. Et espérons que pour mériter leur nom, ils auront une paillasse et un bol de soupe chaude pour « frère le corps », pas vrai les amis ?

Personne ne répondit. Les pérégrins s'étaient remis à dévorer leur pain. Ils attendaient de repartir et n'osaient ôter leurs bottes de peur de ne les pouvoir remettre, tant leurs pieds étaient enflés et les faisaient souffrir mille morts.

– Viens, Garin ! avait dit Humbert, je te veux montrer quelque chose.

Le jeune homme s'était levé, suivant le vieux Jacquet jusqu'aux remparts de la ville.

– Que vois-tu, fils ?

Le jeune homme, après une brève hésitation, avait répondu :

– Des bois, des collines, des villages et… de gros nuages.

– Regarde bien ces nuages-là, avait dit le vieil homme en tendant son bâton ferré vers l'horizon.

– Des… mais oui, mon Dieu, Humbert, c'est des montagnes ! C'est nos montagnes ?

– Oui, mon gars, nos Pyrénées couvertes de neige. Et derrière elles, la Galice et Compostelle ! Nous approchons Garin, nous approchons ! avait dit le vieux Jacquet en lui donnant une bourrade.

Mais Garin n'en avait cure, il ne pouvait détacher ses yeux des lointains sommets bleutés qu'il avait pris pour des nuages.

55

Perchée sur une plate-forme rocheuse, la commanderie d'Abrin ressemblait à une maison forte.

Elle était ceinte d'un épais muret de pierres au-dessus duquel brillait la lanterne des pèlerins.

Quand ils arrivèrent, la porte charretière était grande ouverte et le frère portier, vêtu de la longue robe blanche à croix noire des Hospitaliers, les salua :

– Dieu vous bénisse, mes frères.

– Dieu vous bénisse, mon père, répondit Humbert. Nous sommes en route pour Compostelle et faisons appel à votre hospitalité.

– Elle vous est acquise, mes frères. Entrez, entrez ! Combien êtes-vous ?

– Nous sommes onze, mon père, et nous avons trois pérégrines avec nous, dont une très malade, dit Humbert en montrant la litière où reposait Bérengère.

Le moine s'approcha et hocha la tête d'un air entendu :

– Vous avez raison, cette pauvre femme est au plus mal. Venez mes frères, ne restons pas là ! dit le moine en les conduisant dans la cour. Je vais vous conduire à l'hospice et prévenir de suite le frère infirmier. Ceci est notre chapelle, si vous voulez vous y recueillir, ajouta le moine en leur montrant le petit bâtiment de pierres grises qui se dressait devant eux.

– Vous la laissez toujours allumée ? demanda Galeran en désignant la lanterne suspendue dans une niche, près du porche de la chapelle.

– De nuit comme de jour, mon fils, répondit le moine. Elle guide les pèlerins, nous rappelle notre vocation et, s'il était nécessaire, la présence de Dieu en ce lieu.

Une bâtisse aussi large qu'une grange dîmière jouxtait la chapelle, c'était l'hospice.

Le moine s'effaça pour les laisser entrer dans une vaste salle où s'alignait une trentaine de paillasses. Certaines étaient séparées des autres par des cloisons de draps, en guise de rideaux.

Le sol dallé était recouvert de jonchées fraîches et sur les lits étaient proprement pliées de grosses couvertures de laine.

Un novice accourut vers eux et les salua.

D'un ordre bref, le moine l'envoya aussitôt chercher l'infirmier.

– Comme vous le voyez, ceci est notre dortoir. Nous n'avons qu'une salle mais elle nous permet d'accueillir quand même bon nombre de pèlerins. Venez par ici, dit le moine à Guillaume et à son fils, posez cette pauvre femme sur cette couche, près du brasero. Elle y sera bien.

La paillasse était neuve et apparemment dépourvue des punaises et des poux qui grouillaient si souvent dans les dortoirs où passaient les Jacquets.

Les deux hommes obéirent en silence. Bérengère, le corps et les cheveux trempés de sueur, n'avait pas repris connaissance depuis leur départ de Lectoure.

– Les deux autres dames pourront se mettre au fond, nous les isolerons avec des draps. Nous n'avons malheureusement pas de chambre pour les pérégrines, elles sont si rares sur le chemin de Saint-Jacques.

– Comment vous remercier, mon père ? dit Humbert en s'inclinant. Mais je vois que vous avez déjà une dizaine de pèlerins d'arrivés, ajouta-t-il.

– Oui-da, et quatre autres au réfectoire.

Le petit groupe d'Humbert restait comme hébété, au milieu de la salle.

Le chevalier s'approcha du moine :

– Dieu vous bénisse pour votre accueil, mon père. Vu notre état, auriez-vous quelque endroit où nous nous puissions laver ?

– Cela va de soi, mon fils, je vous l'allais proposer. Nous avons même ici à Abrin, des étuves et… du savon que nous fabriquons nous-mêmes. Posez vos affaires sur les paillasses et que ceux qui se veulent laver maintenant me suivent. J'ai entendu corner l'eau. Les étuves doivent être prêtes.

– Mon père, intervint Bruna. Nous aimerions bien faire toilette aussi. Comment pouvons-nous faire, ma compagne et moi ?

– Euh, dit le moine en rougissant, je n'y avais pensé mais… je vais vous envoyer la vieille Berthe, c'est notre cuisinière, elle vous mènera à sa cellule et vous préparera un baquet d'eau bien chaude et de quoi vous sécher.

Bruna ne put s'empêcher de sourire en voyant la confusion du moine. Celui-ci continua en s'adressant à tous :

– Pour vos vêtements souillés, un novice passera les prendre dans un instant. Vous aurez des chainses propres à la sortie du bain. La cloche vous préviendra du repas et de l'office.

Humbert poussa un soupir d'aise et déclara :

– Le Paradis, mon père ! Sans blasphémer, vous nous ouvrez les portes du Paradis, et nous en avions bien besoin !

56

Les étuves de la commanderie d'Abrin étaient en fait une minuscule pièce sans fenêtre, emplie de vapeurs si épaisses qu'une fois entré, on y voyait à peine ses propres pieds. Sur un muret de briques, les Hospitaliers avaient installé deux grands baquets de chêne sous lesquels ils plaçaient des braises. L'eau était bouillante et fleurait bon le thym et la lavande.

Des bancs étaient disposés dans le couloir où un barbier leur proposa de les raser en attendant leur tour.

– Tenez mon fils, dit le camérier en leur remettant deux savons de suif et de cendre. Vous les donnerez aux autres en sortant. Et voici des serviettes propres.

Guillaume et Garin entrèrent les premiers dans les étuves ; puis deux par deux, les pèlerins allèrent à la toilette.

Quand le chevalier entra dans la pièce avec son frère, il se fit la réflexion qu'ils ne s'étaient plus parlé depuis Conques.

Sans mot dire, ils laissèrent tomber leurs vêtements sur le sol et se plongèrent avec délices dans l'eau parfumée. La vapeur montait autour d'eux formant un écran humide et chaud. Ils restèrent ainsi un long moment avant de se frotter avec vigueur.

Ronan sortit le premier, enjambant le rebord du baquet et sautant avec souplesse sur le sol.

Le chevalier ne put s'empêcher de remarquer les nombreuses cicatrices qui marquaient le corps musclé de son aîné.

– Eh bien, Ronan, pour un troubadour te voilà plus marqué qu'un vieux sanglier !

Le trouveur se tourna vers lui, le visage déformé par une expression amère et lui jeta :

– Que crois-tu donc, petit frère, que soit la vie d'un troubadour ? Foison de femmes et d'argent, riches mécènes et draps de soie ? Foin de tout cela, je vais te dire moi, de quoi est faite notre vie à nous autres vagants ! Elle est faite de rixes, de vins aigres, de repues franches, de rapines et de filles usées par l'amour des autres…

Le troubadour se tut. Le chevalier était sorti du bain et, s'enroulant dans sa serviette, restait immobile et silencieux près de son aîné.

– Et sais-tu, toi le preux, murmura-t-il enfin, où se termine la vie des troubadours ? Alors qu'il rêve encore, pauvre sot, du lit d'une haute dame, il finit en charogne, dans une ruelle, un poignard dans le dos ou sur un gibet pour régaler les corbeaux, les freux et les choucas !

– Pourquoi ne reviens-tu pas à Lesneven, Ronan ? souffla Galeran.

Ronan éclata d'un rire qui sonnait faux et lui tapa sur l'épaule :

– Ah, petit frère, tu n'as pas changé. Mais crois-tu donc que moi, l'aîné de la lignée, Ronan de Lesneven, je veuille réclamer la pitié des miens ? (Puis d'un ton plus léger, Ronan lui lança :) Viens donc, parlons de choses plus plaisantes et allons rejoindre nos compères. J'ai une faim de loup, c'est le cas de le dire !

Galeran hocha la tête, enfila la longue chainse prêtée par les moines et le suivit sans un mot.

57

Cette nuit-là, malgré son extrême fatigue, le chevalier dormit mal. Il se tournait et se retournait sur sa couche, confondant les traits de son frère avec ceux de la Mauresque au masque tragique, revoyant les corps torturés des innocents et ce blanc chemin où coulait un sang qu'il ne savait arrêter.

Les bras repliés sous sa nuque, il regardait vaciller les flammes des « *lucubrum* », ces petites lampes faites d'un brin d'étoupe baignant dans de la cire. Hormis quelques ronflements sonores et des toux rauques, rien ne troublait le silence du dortoir.

De là où il était, il pouvait voir toute la salle, sauf le coin des femmes, caché par des draps tendus.

Le seul qui ne dormait pas était Arastaigne, assis sur son lit, les bras autour des genoux.

Alors que Galeran s'était enfin assoupi, des gémissements le réveillèrent tout à fait ; il entendit l'infirmier qui se précipitait derrière la cloison et entrevit la silhouette arc-boutée de Bérengère. La pauvre femme se mourait.

Le chevalier s'assit au bord de sa couche et regarda autour de lui. Après avoir veillé sa mère, Garin s'était écroulé sur sa litière.

Enfilant vivement ses bottes, Galeran se leva et alla lui toucher l'épaule. Le pauvre garçon se réveilla en sursaut et le regarda d'un air hagard.

– C'est moi, Galeran, venez…

Le chevalier ne put finir sa phrase, l'autre était déjà debout et courait vers la couche de sa mère.

Après avoir administré les dernières onctions, l'infirmier s'était placé aux côtés de Guillaume. Le visage gris, celui-ci ne quittait pas sa femme des yeux et ne leva pas même la tête quand son fils se laissa tomber à genoux à ses côtés.

Et l'heure incertaine arriva, cette heure où la nuit se meurt et l'aube ne point pas encore.

Bérengère poussa un petit cri avant de s'agripper une dernière fois à la main de son mari et de retomber sans vie.

Le chevalier se signa. À ses côtés, le rideau fut soulevé, laissant passer le vieux Jacquet qui alla poser sa main sur l'épaule, secouée de tressaillements, de Garin.

58

Après une courte messe funéraire, la dépouille de Bérengère fut portée en terre bénite le long de la petite chapelle d'Abrin, où déjà reposaient nombre de Jacquets que le chemin avait tués.

Guillaume, qui avait promis à sa femme de ne la point quitter, décida de rester à la commanderie et de proposer ses services aux frères. Ils acceptèrent avec joie, trop heureux d'accueillir un maçon parmi eux. Le brave homme salua ses compagnons de route, embrassa son fils et rentra à nouveau dans la chapelle. Il n'appartenait déjà plus au siècle.

Humbert entraîna Garin à l'écart, lui demandant ce qu'il désirait faire.

Le jeune homme leva vers lui des yeux rougis et articula avec difficulté :

– Continuer, Humbert, continuer !

Il n'en put dire davantage, tant sa gorge était nouée. Le vieux Jacquet lui entoura les épaules de son bras et déclara d'un ton bourru :

– Nous allons manger au réfectoire et partirons après, mon gars. Le blanc chemin et Bonaerges nous attendent.

Garin hocha la tête et suivit le vieux Jacquet vers l'entrée de l'hospice, où les autres s'étaient regroupés en silence.

59

Les frères Hospitaliers leur avaient non seulement préparé un solide repas, mais ils avaient disposé sur une table des provisions à mettre dans leurs aumônières.

Un jeune novice, debout près de la grande cheminée, surveillait une marmite noircie par les flammes. Il remplit leurs écuelles d'un brouet odorant où nageaient des gousses d'ail et de l'œuf.

Les pérégrins se glissèrent sur les bancs, se servant des miches de pain, du fromage et des pichets de vin que les moines y avaient déposés.

Galeran salua d'un signe de tête ses compagnons et alla s'asseoir en face d'Arastaigne, à l'autre bout du réfectoire. Il avait compris, cette nuit-là, la raison de son comportement.

Le murmure des conversations et les éclats de voix

de Manier et de Ronan résonnaient sous la haute voûte de pierre.

Tout en mangeant, le chevalier observait le visage maigre du clerc, ce regard gris et comme éteint qu'il posait sur toute chose. Enfin, il se décida à parler et demanda calmement :

– À quel ordre appartenez-vous, Arastaigne ?

Le clerc lâcha son bol qui rebondit sur le banc et s'alla briser sur le sol.

Un grand silence se fit dans le réfectoire et les pèlerins se tournèrent vers les deux hommes. Le clerc se précipita pour ramasser les morceaux de son écuelle et les conversations reprirent.

Arastaigne s'était redressé, les débris du bol à la main. Il était très pâle et tourna vers le chevalier un regard affolé :

– Que… que voulez-vous dire, messire ?

– Je veux simplement dire : de quel ordre êtes-vous, Arastaigne ?

L'homme déglutit, sa pomme d'Adam remontant le long de son cou maigre. Les doigts tremblants, il posa les morceaux sur la table et se laissa tomber sur le banc.

– Comment avez-vous deviné ?

– Vos gestes, Arastaigne. Vos mains jointes, vos pieds nus, cette façon de porter la cagoule, de nouer la corde qui ceint vos reins… et puis j'ai vu quel était le livre que vous feuilletez chaque soir avec tant de ferveur et dont vous ne voulez partager la lecture…

– Mais ce n'est pas possible, je ne le quitte jamais ! s'écria le clerc.

– Sauf pour aller aux étuves, hier. Oh, vous avez même hésité à vous aller baigner, les parchemins et la vapeur ne font guère bon ménage ! Mais Manier vous a poussé et vous avez abandonné votre sac sur le banc.

– Cela ne veut pas dire que…

– Certes, rien de plus normal pour un vagabond de Dieu que de posséder un incunable ! Surtout un incunable aux enluminures qui ne dépareraient pas la bibliothèque d'une grande abbaye, dont il porte d'ailleurs encore la chaîne…

L'homme blêmit.

– Un manuscrit, enfin, dont l'encre, l'écriture semi-onciale et les motifs celtes témoignent de son ancienneté et de son appartenance à un scriptorium anglais ou… irlandais. Je me trompe ?

Le clerc resta muet, comme stupéfié par les propos du chevalier.

– Et ce texte, continua le chevalier, surtout celui-là ! Le Livre de Job, ce livre où vibre tant la désespérance de nos âmes…

Arastaigne rougit et murmura :

– Que me voulez-vous, chevalier ?

– Savoir à qui j'ai affaire, c'est tout. Je vous en donne ma parole. Il n'y a point là curiosité de mauvais aloi.

Le regard clair du chevalier parut convaincre Arastaigne. Il hocha la tête et se mit à parler lentement, puis de plus en plus vite. On eût dit que les défenses de ce singulier personnage avaient cédé d'un coup, et que cette confession le libérait soudain.

– Après la mort de mon seul enfant et de ma femme, tués par des brigands, je me suis donné à Dieu et suis rentré à l'abbaye de Bangor.

– L'ancienne abbaye de Saint-Colomban, en Irlande ?

– Oui, messire. Ma femme était du comté de Down et c'était un peu retourner vers elle. Ce sont les Cisterciens qui ont repris Bangor, voici cinq ans, grâce à Malachie, l'évêque d'Armagh, grand ami de Bernard de Clairvaux. Et puis…

– Continuez, Arastaigne, l'encouragea le chevalier.

– Et puis, j'ai échoué. Je n'arrivais à prier Dieu. Plus le temps passait et plus je me révoltais contre Lui. Chaque office devenait torture et faux-semblants. Je Lui reprochais ce qu'Il m'avait fait, ce qu'Il m'avait enlevé… Je me suis mis à le haïr, qu'Il me pardonne maintenant… Il n'y avait que ce livre sacré pour me parler vraiment. Une nuit, j'ai pris la fuite en emmenant le livre que j'avais volé à la bibliothèque.

– Et après ?

– Après, j'ai erré tel un mendiant, et deux ans ont passé ainsi, jusqu'au jour où j'ai rencontré un ancien Jacquet. Un saint homme qui vivait en ermite dans les monts du Velay. Quelque chose renaissait en moi, pas de l'espoir, oh non ! Une simple lueur, et j'ai décidé de faire ce pèlerinage. Voilà tout !

Le chevalier resta silencieux un instant, le regard fixé sur les mains jointes du clerc, puis reprit :

– Arastaigne, depuis quand êtes-vous avec le jeune berger, Manier ?

Le clerc sursauta :

– Pourquoi cette question ?

– Répondez-moi.

– Eh bien… nous nous sommes rencontrés au Puy, enfin c'est lui qui s'est attaché à moi et je n'ai osé le repousser. Je semblais l'amuser et puis, quand nous étions seuls, il me posait moult questions sur la Bible. Après, il a disparu et je l'ai revu à Aumont, non… à Marchastel, je crois. C'était avant de rejoindre Humbert et sa troupe.

– Merci, Arastaigne, et que Dieu vous garde.

– Vous ne me trahirez point ?

Le chevalier sourit :

– Je vous en fais serment, Arastaigne.

60

Neuf jours plus tard, c'était la mi-mai, les pérégrins atteignaient le carrefour des trois chemins, en plein Pays basque.

Depuis qu'ils avaient quitté les riches terres de Gascogne, ils avaient traversé des contrées boisées et sauvages, peuplées de gens dont seul Humbert et Manier comprenaient le dialecte guttural. Même les croix qui jalonnaient leur route portaient des inscriptions et des symboles qu'ils n'arrivaient pas à décrypter.

À la borne des trois chemins, se rejoignaient les Jacquets qui venaient de Tours, de Vézelay et du Puy Sainte-Marie. Et ils étaient des centaines à se réunir là pour converger ensuite vers les remparts d'Ostabat, l'« Izura » basque.

61

Dans la ville forte, c'était l'heure calme, celle où bourgeois et artisans se regroupaient dans les tavernes, discutaient sur le pas des portes, hélaient les filles éhontées qui promenaient leurs jupons au long des placettes.

Accoudé à une étroite fenêtre, le vieil archer vidait lentement sa quatrième mesure de vin clairet tout en songeant que si son attente durait encore, il finirait ivrogne.

Quand soudain, il laissa tomber avec un juron son gobelet sur le sol sablonneux de l'auberge.

Il venait de voir passer le chevalier avec ses compagnons de route.

Après avoir jeté son écot à l'aubergiste, Jaufré sortit précipitamment et se lança à la poursuite des pèlerins. Quand il les eut rattrapés, il ralentit le pas et se mêla à la foule, se cachant à chaque fois que la petite troupe s'arrêtait et quêtait l'hospitalité pour la nuit.

Enfin, ils entrèrent dans une des Ospitalia et ne ressortirent point.

Au bout d'un long moment, le chevalier réapparut sur le pas de la porte. Il regardait autour de lui, l'air indécis.

Deux légers sifflements lui parvinrent, venant de la ruelle voisine. Le chevalier sourit et s'engagea sans hésiter dans l'étroite venelle.

L'archer l'attendait, la mine réjouie. Galeran lui donna l'accolade, heureux de le retrouver.

– Dieu te bénisse, mon ami, il est bon de te revoir.

– Ah messire, s'exclama le vieil homme, je m'en faisais du sang noir ! Vous en avez mis un temps pour arriver ici. Que vous est-il donc arrivé ?

Galeran le prit par le bras et, tout en marchant, lui conta ce qu'il ne savait : la mort de l'orfèvre, la prison de Cahors, les inondations, Abrin et Bérengère…

Le vieil archer hochait la tête.

– Mais cet orfèvre, remarqua-t-il, il a été proprement égorgé. Le sergent de Cahors doit avoir raison, c'est des goliards qui l'ont tailladé, comme à Conques.

– Que dis-tu ? s'écria le chevalier. Comme à Conques ?

– Ah, ouiche, je vous en avais point parlé ? répondit Jaufré.

– Explique-toi, Jaufré. Quand nous nous sommes vus à Cahors, tu m'as dit qu'il n'y avait point eu de mort sur ton chemin.

– Et oui, morbleu ! Point comme ceux que nous cherchons, messire. Mais à Conques, le jour où vous êtes parti, j'ai croisé les gars de la prévôté qui portaient une civière et dessus y avait un gaillard lardé comme un rôt.

– Tué à coups de coutel ?

– Pour sûr, messire, plusieurs et en plein cœur ! C'était un seigneur. On lui avait pas pris ses affûtiaux, mais il avait plus un traître liard sur lui.

– Encore un, murmura le chevalier.

– Mais je croyais…

– La seule chose qu'il nous faut croire, mon bon Jaufré, c'est que nous laissons des morts derrière nous ! répondit le chevalier en s'enfermant dans un profond mutisme.

Le vieil archer toussota avant de déclarer :

– Je n'ai toujours pas vu le messager du baron de Peyre, chevalier.

– Tu vas rester ici jusqu'à son arrivée.

– Et vous ?

– Moi, je continue jusqu'à Roncevaux avec eux. La fin est proche, Jaufré, j'en suis sûr.

– Si le cavalier arrive à temps, je vous rejoindrai là-haut, chevalier. J'en ai assez de paresser de tavernes en tavernes, c'est point une occupation.

Le visage du chevalier s'éclaira un peu et il rétorqua :

– Oui-da, Jaufré ! Mais crois-en ma récente expérience de pérégrin, les tavernes et les chevaux ont sacrément du bon !

Sans rien ajouter, les deux hommes se séparèrent, gardant pour eux leurs soucis.

Les pèlerins repartirent aux premières lueurs du jour. Devant eux, se dessinaient les premiers contreforts des hautes montagnes qui les séparaient de la Galice.

62

Le lendemain, après avoir dormi dans une mauvaise étable, ils traversèrent Saint-Jean-Pied-de-Port, passèrent sous la porte voûtée de Notre-Dame et s'apprêtaient à franchir le pont sur la Nive quand ils virent des péagiers qui les y attendaient. Ils étaient trois. Trois gaillards à la mine patibulaire, armés de lourds gourdins.

Le chevalier, qui marchait en tête avec Humbert, fronça les sourcils. À quelques pas des hommes gisait un pèlerin, les vêtements déchirés et le visage en sang.

– Laissez-moi faire, chevalier, murmura Humbert. Je vais leur parler.

Humbert salua les péagiers et commença à discuter dans cette langue basque que Galeran ne comprenait pas.

Les hommes le regardaient sans mot dire, d'un air hostile, puis l'un d'eux lâcha une phrase qui claqua comme un fouet.

Humbert protesta, secouant négativement la tête, montrant les coquilles cousues sur son mantel, puis ses compagnons.

Enfin, n'obtenant aucune autre réaction des péagiers, il se tourna vers Galeran :

– Ces ribauds demandent douze sous pour chacun, alors que ce péage n'en coûte pas quatre !

– Que voulez-vous faire, Humbert, discuter encore ?

– De toutes les façons, nous ne pouvons payer une telle somme, alors…

– Alors, on passe ! dit joyeusement le chevalier en portant la main à la garde de son épée.

– On passe ! dit Ronan qui s'était placé à ses côtés.

Et les trois hommes foncèrent sur les péagiers qui, sentant le vent tourner, brandirent en hurlant leurs gourdins.

D'un large coup de sa lame, le chevalier trancha la main du premier, qui laissa échapper son bâton avec un hurlement de douleur. Un vigoureux coup de pied de Galeran l'expédia sur la berge où il retomba inerte, baignant dans son sang.

« Et d'un ! » pensa le chevalier en se tournant vers ses compagnons… pour s'apercevoir avec regret que l'affaire était déjà terminée.

D'un coup de son long bâton ferré, le vieux Jacquet avait proprement assommé le second qui gisait à ses pieds.

Quant au troisième larron, Ronan l'avait prestement désarmé et lui maintenait le bras tordu derrière le dos. Il héla son frère :

– Qu'est-ce qu'on fait de ce maraud-là qui nous casse les oreilles à hurler comme un porc ?

– D'abord, on rend à ce pauvre vieux pèlerin ce que ces crapules lui ont pris, et avec un supplément sonnant et trébuchant, répondit le chevalier en fouillant les poches du péagier.

La bourse qu'il y trouva était bien pansue. Après l'avoir soupesée, Galeran aida le pèlerin à se relever et la lui tendit.

– Avec ça, mon ami, vous pourrez encore acquitter péages et visiter deux ou trois bonnes tavernes.

Le pauvre Jacquet, qui n'en revenait pas, s'assit sur une borne, l'air hagard et ne sachant que dire.

Bruna s'approcha de lui et lui essuya le visage avec douceur.

– Et maintenant ? dit Ronan, immobilisant toujours son homme qui écumait de rage.

– On l'assomme et on le met avec ses amis à prélever péage sur les poissons de la Nive ! répondit Galeran en riant.

63

Une chaussée dallée se perdait dans la montagne. C'était, d'après Humbert, l'ancienne voie de l'étain et celle du col pyrénéen, le « port de la Cize », ainsi que les Provençaux l'appelaient. La voie qu'ils allaient devoir suivre pendant environ huit lieues avant d'arriver à Roncevaux.

Ronan entonna un gaillard chant de marche, entraînant ses compagnons à sa suite. La petite échauffourée du pont les avait tous mis d'humeur joyeuse.

Au-dessus d'eux, se dressaient des monts si hauts qu'on n'en voyait les cimes cachées par de sombres nuages.

Les pèlerins reprirent leur marche en traînant les pieds. Plus ils montaient et plus la pente était raide. Ils quittèrent bientôt l'antique chaussée pour un sentier herbeux qui les conduisit au sommet d'un premier versant.

– Nous sommes sur le mont Leizar Atheka et bientôt en Galice, dit Humbert en s'appuyant pesamment sur son bâton ferré.

Les pérégrins s'étaient laissés tomber en soufflant sur l'herbe rase.

– Le ciel se couvre bien vite, remarqua le chevalier qui scrutait l'horizon où couraient des nuages d'un noir d'encre.

– Oui, vous avez raison, messire, répondit le vieux Jacquet. Ces montagnes ressemblent à l'océan dans lequel elles tombent. Les tempêtes y font les mêmes ravages. (Puis se tournant vers les pérégrins, il cria :) Allez, les amis, on repart, et surtout arrêtez de boire, c'est ça qui vous coupe les jambes !

Personne n'obtempéra. Les pèlerins étaient harassés et regardaient le sol d'un air morne, sans réagir.

– Oh, Humbert, la paix ! On vient à peine d'arriver et ces sacrées pentes sont plus raides que l'aiguille d'un clocher ! s'exclama le berger blond.

– Si vous restez là, Manier, c'est la tempête qui vous chassera ; et alors, je ne donnerais pas cher de votre peau. (Puis plus fermement :) Levez-vous, mes amis, le but est proche. Vous atteindrez bientôt Roncevaux, où l'hôtellerie nous accueillera trois jours durant, jusqu'à ce que nous ayons repris des forces. Allez, courage, les vagabonds de Dieu. Ultreïa !

Bruna se releva péniblement la première, aidant dame Freissinge à se remettre debout.

Garin tendit la main à Manier, qui la prit. Quant à maître Raoul, une bourrade de Ronan le remit sur pied et ils repartirent.

Ils avançaient maintenant, lourdement appuyés sur leurs bourdons, le regard fixé sur le bout de leurs bottes ou sur les cailloux qui roulaient sous leurs pieds, mettant avec obstination un pied devant l'autre.

Au bout d'un long moment, Manier tituba. Il marchait, les yeux mi-clos, trébucha encore, puis alla rouler sur le bas-côté où, derechef, il se mit à ronfler.

Garin, qui fermait la marche avec lui, se précipita et le secoua sans succès.

– Manier ! Manier, réveille-toi ! cria-t-il.

L'autre ronfla de plus belle.

Garin regarda autour de lui. Les autres disparaissaient derrière un repli de terrain. Il se tourna alors vers le blond et le gifla.

Manier ouvrit les yeux d'un coup et le fixa d'un drôle d'air avant de grommeler, d'une voix pâteuse :

– Holà, holà, ça va ! Pourquoi tu me frappes ?

– Les autres s'en vont, Manier. Lève-toi !

– Je me lève, donne-moi la main, mon gars !

Et prenant la paume tendue, il se releva.

Il repartit lentement, d'une marche hésitante, s'accrochant parfois au mantel du jeune homme.

– Va un peu plus vite, Manier. Ils sont déjà loin, je les vois plus.

– Oh, je peux pas ! grogna l'autre. Même si je voulais, je peux pas. Et puis, dis donc, t'as qu'à me laisser pendant que tu y es ?

Garin secoua la tête et se résigna à marcher au même pas que le berger.

64

Après avoir descendu le versant, les pèlerins suivirent un chemin empierré qui les mena dans un bois de hêtres et de châtaigniers centenaires. Au moins là, ils seraient à l'abri du vent. Tantôt ânonnant une prière, tantôt silencieux, ils continuèrent ainsi jusqu'à une source où Humbert leur fit signe de s'arrêter.

Bruna se pencha et ramassa sur le sol une petite croix de brindilles liée par un brin d'herbe, puis une autre, puis une autre encore. Elle en ramassa ainsi des dizaines et s'approchant d'Humbert les lui montra.

– Qu'est-ce que c'est, messire ?

– Ce sont les offrandes de tous ceux qui nous ont précédés, et vous n'êtes pas au bout de vos étonnements, Bruna. Quand nous arriverons à la croix de Charlemagne, au port de la Cize, vous aussi, ainsi qu'il est coutume, taillerez une croix, comme jadis le fit le grand roi Charles.

– Humbert ! appela Galeran d'une voix inquiète.

Le vieux Jacquet se retourna ; le chevalier s'approcha de lui :

– Où sont Garin et Manier ?

Humbert regarda vivement autour de lui. Les deux jeunes gars n'étaient pas là. Il murmura :

– Ils fermaient la marche…

– J'ai vu Manier tomber avant que nous entrions dans les bois, intervint Bruna. Garin s'occupait de le faire remettre debout. Après, je n'ai plus fait attention.

Le visage du chevalier était devenu blanc. Il lança un regard au vieux Jacquet, qui baissa la tête :

– Retrouvez-les, chevalier. Nous vous attendons ici.

Quand il se redressa, Galeran n'était plus là : la forêt s'était refermée sur lui.

65

Malgré les protestations de Garin, Manier s'était laissé tomber sur la mousse puis, saisissant sa calebasse, l'avait retournée d'un air déçu.

– Plus rien à boire, dit-il.

Garin, adossé à un arbre, attendait. Il lui jeta la sienne avec impatience :

– Tu ferais mieux d'obéir à Humbert et ne pas avaler toute cette eau ! Maintenant, Manier, si tu ne te relèves pas, je te laisse ici !

L'autre attrapa la calebasse et la renversa en la voulant porter à ses lèvres.

– Oh, quel maladroit je suis ! s'exclama-t-il.

– Ça pour sûr, dit Garin d'un air exaspéré.

– Écoute !

Le jeune maçon tendit l'oreille ; il ne perçut que le bruit du vent qui agitait les cimes des grands arbres.

– Eh bien quoi ? Je n'entends rien.

– T'es sourd ou quoi ? dit Manier en se levant. Viens, il y a un ruisselet tout proche. J'entends de l'eau qui coule. Nous y pourrons remplir nos calebasses.

– Moi j'ai pas soif et d'abord est-ce que t'as pas la berlue ?

– Je l'ai entendu, je te dis. Et puis, Humbert m'a dit qu'il y a un ruisselet dans le bois, déclara l'autre en s'enfonçant dans les taillis.

Garin poussa un soupir d'exaspération et le suivit malgré tout, oubliant de ramasser son bâton ferré.

En quelques enjambées, il rattrapa son compagnon qui continuait à avancer dans la hêtraie.

– Attends-moi !

– On est tout près, viens ! dit l'autre en allongeant le pas comme s'il oubliait tout à coup sa fatigue.

Des basses branches et des ronces l'agrippant au passage, le jeune homme se fraya tant bien que mal un chemin dans les frondaisons et déboucha dans une petite clairière où s'était arrêté le berger.

Manier regardait alentour d'un air satisfait. Les taillis formaient autour d'eux un rempart inextricable.

De grosses pierres moussues surgissaient de l'herbe, mais de ruisseau, point.

Au milieu de la clairière, trônaient les restes d'un chêne foudroyé, grande carcasse noircie recouverte de lichen. Manier alla s'y asseoir et se mit à fouiller dans son sac.

– Mais, dit Garin stupéfait, qu'est-ce que tu fais encore ? Tu vois bien qu'il n'y a pas de ruisseau ici. Allez, on s'en va. On a assez perdu de temps, les autres vont s'alarmer, déclara le jeune homme en tournant les talons, car c'était lui qui maintenant se sentait vaguement inquiet.

– C'est vrai, mon gars, on a assez perdu de temps ! dit la voix de Manier tout contre l'oreille du jeune homme, qui sursauta.

Le berger avait souplement sauté de son siège et se tenait maintenant derrière Garin, une main sur son épaule.

– Mais, qu'est-ce que tu… protesta le jeune gars en tournant la tête vers le berger.

– Bouge pas ou je t'entaille ! gronda l'autre.

– T'es fou ! s'écria Garin, sentant sur sa gorge la pointe d'un coutel.

– Et toi, t'es aussi madré qu'un enfançon, mon gars ! Un gentil petit enfançon qui devrait bien chanter !

– Qu'est-ce tu veux dire ?

L'autre ne répondit pas, il se contenta d'appuyer un peu plus fort sa lame sur la gorge de Garin.

Soudain la peur glaça le jeune maçon : en un éclair, il revit le cadavre égorgé de l'orfèvre dans les ruines du théâtre romain :

– C'est toi qui as tué maître Pierre, dis ? C'est ça, pour lui voler ses markas d'argent ? Mais moi, j'ai pas le sou, alors qu'est-ce que tu veux ?

– Eh bien, si j'avais su que ce gaillard en avait tant des sous, je lui aurais p't'être pris, mais il était pas mon genre, trop vieux, trop laid. Toi par contre, tu me plais bien, tu sais.

– Mais tu déraisonnes, tu disais que tu voulais marier une fille !

– Et tu m'as cru, pauvre grimaud ! dit l'autre en partant d'un rire moqueur.

– Mais t'es complètement fou ! s'insurgea Garin, en essayant de se libérer de l'étreinte de son agresseur.

L'autre s'énerva.

– Ah non, mon petit ! Pas deux fois de suite ! s'écria-t-il.

Et il assena un violent coup de poing sur la nuque de Garin qui bascula en avant, le nez dans l'herbe.

Le jeune berger partit d'un grand éclat de rire :

– Là, c'est mieux. Tu vois. Il faut apprendre à te taire, mon mignon. Et maintenant, laisse-moi faire, murmura-t-il en se penchant sur le corps inanimé.

La lame se leva, coupant les vêtements du jeune

homme qui bientôt se retrouva nu. L'autre se pencha sur lui, l'examinant ; il chantonnait doucement, le coutel levé, prêt à frapper.

C'est à ce moment qu'une main le saisit par le col et le tira violemment en arrière.

Lâchant son couteau, Manier tomba dans l'herbe. Devant lui, se dressait le chevalier, défiguré par la colère.

– Ainsi, c'était toi ! gronda-t-il. Je le pensais bien, mais tu ne bougeais plus guère, t'étais devenu méfiant, pas vrai ?

L'autre essaya de se relever.

– Reste là ! ordonna Galeran. Ou par Dieu, je t'embroche ; et sache que si jamais celui-là est mort, tu le suivras sans coup férir !

Sans quitter le berger des yeux, le chevalier, l'épée à la main, s'était approché de Garin.

Le souffle qui soulevait sa poitrine le rassura : le garçon était seulement assommé.

Galeran se tourna vers le berger. Il n'avait point bougé. Les yeux affolés, il semblait chercher par où s'enfuir.

– Je ne te laisserai point d'issue, Manier ! dit le chevalier en s'approchant du jeune homme qui se releva en tremblant.

– Messire, de quoi m'accusez-vous ? gémit-il. On s'est battu, tous les deux, je m'assurais juste qu'il n'était pas mort !

– La belle histoire ! gronda le chevalier. Ce que tu ignores, Manier, c'est que je te piste depuis Marchastel. Et qu'à chaque fois, j'ai vu porter en terre des garçons qui ressemblaient à celui-là, avec quelques blessures en plus et la vie en moins !

Le berger blêmit, il était en larmes et se jeta aux pieds de Galeran.

Un intense dégoût saisit le chevalier dont les jointures blanchirent sur la garde de son épée.

Levant les bras dans un geste de supplication, l'autre se traînait à ses pieds :

– Au nom du Dieu tout-puissant, pitié !

Tout son être révulsé, le chevalier recula instinctivement et, trébuchant sur une pierre, tomba en arrière.

Comme s'il n'attendait que ça, Manier réagit avec une rapidité folle. Il attrapa son coutel qui avait roulé dans l'herbe et se jeta sur Galeran, la lame levée.

Le chevalier réussit à lui attraper le bras, mais une force surhumaine semblait s'être emparée de son adversaire.

Les yeux fous, la bouche déformée par la haine, il approchait inexorablement la lame de la gorge du chevalier.

Puis soudain, une expression d'étonnement passa sur le visage du berger.

Sa bouche s'arrondit, une mousse sanglante s'échappa de ses lèvres. Il lâcha son coutel et tomba lourdement sur Galeran.

Il était mort, un fin poignard enfoncé dans le dos jusqu'à la garde.

– Joli coup, pas vrai, petit frère ? dit Ronan en sortant des taillis. J'avais peur que ce malotru ne finisse par te trouer la peau.

Galeran se dégagea vivement de sous le corps ensanglanté du berger et se releva.

À l'autre bout de la clairière, Garin revenait à lui et se dressait sur son séant, n'en revenant pas de se trouver là indemne et tout nu.

– Je te dois la vie, Ronan, prononça gravement le chevalier.

– Oui-da, on dirait bien, répondit avec simplicité le troubadour, qui fouillait sans façon dans les affaires du berger.

Sans le quitter des yeux, le chevalier s'approcha de son frère.

– Tiens regarde ça, petit frère ! Le gaillard était pas si pauvre ! dit-il en lui tendant une poignée de deniers d'or et d'argent.

66

Quand Jaufré rejoignit Galeran à Roncevaux, trois jours plus tard, le chevalier l'accueillit avec un bref :

– C'est fini, Jaufré, la bête est morte, on s'en va !

– Mais… le messager, il m'a remis ceci pour vous de la part du baron de Peyre. La bête, qui c'était, messire ? Était-elle bien effrayante ?

Le chevalier saisit le parchemin et le glissa dans son aumônière en riant :

– Non, mon ami, le tueur était beau comme un chérubin, blond et frisé comme les moutons qu'il disait garder…

– C'était donc le berger Manier qui cheminait avec vous, murmura le vieil archer.

– Tu l'as dit. Il était fin comme un renard et sa férocité était sans limite… Pour l'heure, il s'en explique avec ses frères, les démons aux pieds cornus, dit Galeran en s'approchant de Quolibet.

Le destrier hennit en tapant le sol du sabot et secoua sa longue crinière.

– Cela fait du bien de te revoir, mon vieux Quolibet, murmura-t-il en flattant l'encolure puis les naseaux soyeux, avant de sauter en selle.

L'archer fronça les sourcils. Décidément, il y avait quelque chose qui lui échappait dans l'attitude du chevalier.

– Vous voulez que nous partions tout de suite ? Et vos amis, et votre frère ? Nous n'allons pas les saluer ?

– C'est déjà fait ! répondit Galeran en talonnant son destrier qui prit le trot dans la vaste cour de l'hospice.

Franchissant la porte charretière, le chevalier lança son cheval vers le port de la Cize et la France.

En le voyant s'éloigner, Jaufré remonta vivement en selle et, cinglant sa monture, se lança à sa suite.

Épilogue

Les deux hommes s'étaient séparés à Conques et, tandis que Jaufré regagnait la baronnie de Peyre par petites étapes, Galeran avait soudain décidé de faire demi-tour.

Il chevauchait maintenant à vive allure sur le « *camino francés* » en direction de Compostelle.

Gravissant les montagnes, traversant les sierras, longeant les champs d'oliviers, franchissant les ravins, le chevalier atteignit Burgos en quatre jours et s'arrêta à l'hospital San-Juan Evangelista.

Là, le visage et les vêtements blancs de poussière, il conduisit lentement son destrier à l'abreuvoir puis à l'écurie, le bouchonna, lui mit de la paille fraîche et alla s'effondrer tout habillé sur une paillasse où il dormit deux jours, en proie à la fièvre et au délire d'une insolation.

Il repartit le surlendemain et, trois jours plus tard, franchissait le pont romain d'Astorga, et faisait halte pour la nuit dans la ville fortifiée.

Le lendemain, Quolibet se mit à boiter bas. Le cavalier chemina donc lentement jusqu'à Compludo, où les moines de San-Juan lui avaient signalé la forge d'un maréchal-ferrant.

Après que l'homme eut façonné le fer manquant puis ferré à chaud sa monture, Galeran paya son dû et regagna le blanc chemin.

Quatre jours après, il fut pris au milieu d'une longue file de pèlerins, qui gravissaient le monte del Gozo. Il mit pied à terre et se joignit à eux.

Arrivés au sommet, les Jacquets se jetaient à genoux, saisis d'une transe sacrée. Ils pleuraient, chantaient, criaient : « Montjoie ! Montjoie ! Santiago ! »

À leurs pieds, à une demi-lieue à peine, ils voyaient enfin se déployer la ville sainte de Compostelle, asile de tous les vagants de Dieu.

On était en juillet et les cérémonies en l'honneur de saint Jacques le Majeur se succédaient depuis quinze jours, quinze jours où n'avait cessé d'affluer la foule des pèlerins venue rendre hommage à Bonaerges.

Le chevalier était entré dans la cathédrale, posant ses doigts, comme tant de pérégrins épuisés, sur la colonne de marbre de l'arbre de Jessé.

Puis il se fraya un passage jusqu'à la crypte et au maître-autel, qu'il baisa avant d'aller s'agenouiller un peu à l'écart.

Soudain, une main lui effleura l'épaule, le faisant sursauter.

– Mais, chevalier, vous êtes là ! Je vous croyais reparti vers notre pays.

Galeran s'était relevé. Devant lui se tenait Arastaigne, mais un Arastaigne différent de celui qu'il avait quitté.

L'homme s'était redressé, il semblait soulagé comme si son âme avait cessé de souffrir.

– Oui, dit brièvement Galeran, je suis allé jusqu'à Conques et suis revenu. En vérité, je cherche à retrouver nos compagnons de route. Sont-ils à Santiago ?

– Non pas, chevalier. À part dame Freissinge, Raoul et moi-même, ils sont repartis tous les quatre vers Notre-Dame de Finibus Terrae !

– Dame Freissinge n'est donc plus avec la jeune Bruna ?

– Non, messire. Après sa venue ici en la cathédrale, elle s'est fait conduire par Humbert au nouvel hospital San-Lazaro.

– L'hospital des lépreux, celui qui est en train de se construire le long du chemin ?

– Oui, messire. Elle a demandé à y servir les plus démunis. Je crois qu'elle a renoncé au monde.

Galeran hocha la tête.

– Et Ronan le troubadour est donc resté avec les autres ?

– Il me semble.

– Où est-ce, Notre-Dame de Finibus Terrae ?

– D'après ce qu'Humbert m'a expliqué, c'est aux confins de la Galice, en dessous de la Costa de La Muerte, au cabo Fisterra.

Les deux hommes gardèrent un moment le silence, puis Galeran dit avec douceur :

– Vous avez beaucoup changé, Arastaigne.

– Oui, répondit l'autre, non sans fierté. Comme vous voyez, saint Jacques fait des miracles. Je vais retourner à Bangor, chevalier, rapporter ce que j'y ai volé. Et si mes frères veulent encore de moi, je quitterai le siècle, et pour de bon, cette fois !

Ayant fait ses adieux à Arastaigne, Galeran remonta en selle et partit vers le cabo Fisterra.

Après avoir franchi des crêtes rocheuses et de hautes futaies, le chevalier déboucha près du rias de Muros, grand estuaire envahi par la mer, tout comme les abers du pays de Léon.

Cette chevauchée entraînait Galeran vers un paysage qui lui semblait familier sans jamais l'avoir vu. Roches nues et usées, maisons et murets de granit, toits d'ardoises, il lui semblait être à nouveau chez lui, au « bout du monde », dans sa Bretagne natale.

L'air marin lui fouettait le visage, les mouettes s'envolaient en poussant des cris perçants. Avec un hennissement joyeux, Quolibet prit le trot le long du sentier qui suivait la corniche et surplombait des criques sauvages.

Enfin, à moins d'une lieue, ayant aperçu les sombres falaises du cabo Fisterra, il talonna son destrier.

Et bientôt, entre lui et l'océan, se dressa la petite chapelle Notre-Dame de Finibus Terrae, ce « sanctuaire où devant, l'on ne trouve plus terre ».

L'endroit paraissait désert. Après avoir attaché Quolibet à une souche, le chevalier fit lentement le tour du sanctuaire marin, et soudain se figea.

Ronan était assis sur le seuil de la chapelle, deux coquilles Saint-Jacques posées sur le sol devant lui.

Il leva la tête vers son cadet et dit posément :

– Je t'attendais, petit frère. (Puis il éclata de rire et se leva :) Ne fais pas cette figure ! C'est vrai, têtu comme je te connais, je savais que tu me retrouverais. Tu ne pouvais me laisser partir ainsi.

Un sourire triste sur les lèvres, Galeran répondit :

– Tu as raison, je ne le pouvais.

Ronan prit son frère par le bras et le conduisit au bord de la falaise.

– En arrivant ici, dit-il, cela m'a fait une drôle d'impression, comme si j'étais revenu au pays. Tu vois ces hauts-fonds, ces récifs, ces promontoires, cela fait penser à pas mal de naufrages et de détresses mortelles… N'est-ce pas là un endroit idéal pour nous retrouver ?

Devant eux, à perte de vue, s'étendait l'océan. Ils restèrent un long moment ainsi, côte à côte, en silence, plus unis qu'ils ne l'avaient jamais été.

Puis Ronan s'éloigna de quelques pas et le charme fut rompu ; il déclara d'un ton sec :

– Maintenant, je t'écoute.

Le visage du chevalier s'assombrit, et c'est d'un ton morne qui ne lui ressemblait guère qu'il parla :

– Pour moi, tout a commencé à Vézelay, avec la prédiction d'une certaine Mauresque. Et puis, il y a eu ces pauvres jouvenceaux assassinés de la plus laide façon, et je me suis lancé sur la piste des Jacquets et de ton groupe. Ensuite, je t'ai rencontré à Conques. Toi, l'aîné de notre mesnie, le fier Ronan de Lesneven, tu te baissais pour ramasser des piécettes sur le parvis de l'abbaye. Tu n'as eu de cesse de m'éviter. Tu étais tour à tour joyeux, puis d'une terrible et insondable tristesse, comme cette fois-là, dans les étuves d'Abrin.

Le chevalier marqua un temps, puis reprit :

– Depuis l'Aubrac, celui que je poursuivais ne tuait plus, ou du moins en était empêché. J'ai compris pourquoi plus tard. Mais c'est en examinant le cadavre de maître Pierre que j'ai songé qu'il n'y avait probablement pas un, mais deux meurtriers !

Ronan avait blêmi et ne quittait plus son frère des yeux.

– Il y avait déjà eu un meurtre au Puy, un autre à Conques, et puis à Cahors… Je n'ai pas cru un instant à cette histoire de brigands, mais j'ai, sur le corps du malheureux orfèvre, reconnu la marque laissée par un homme de sang. Ces meurtres-là n'étaient pas comme les autres, ils étaient efficaces, menés promptement, et visaient les deniers de victimes qui étaient toutes riches et bien pourvues !

– Tu as bien vu que ce petit berger en avait des deniers ? lâcha Ronan à regret.

– Des deniers que tu as promptement fait glisser de ta poche dans ta main, grand frère. Car le deuxième meurtrier, c'est toi !

Ronan ne protesta pas. Il était retourné s'asseoir sur le seuil de l'humble chapelle.

– Ce qui m'a embrouillé, vois-tu, continua Galeran, c'est dame Freissinge ! Elle était bien singulière, cette dame que gardait si soigneusement Bruna. En fait, d'après tes dires, la damoiselle la surveillait encore plus étroitement depuis Conques. Or, que s'était-il passé là-bas ? On avait poignardé un riche gentilhomme dans une ruelle. Alors, j'ai pensé pendant un temps que Freissinge et l'assassin ne faisaient peut-être qu'un… Mais voilà, à Cahors, elle n'avait pas quitté Bruna et Humbert, je l'ai vérifié. Seulement j'avoue qu'il m'a fallu le billet du baron de Peyre pour comprendre réellement qui étaient Bruna et Freissinge.

Ronan releva la tête.

– Je ne le sais pas moi-même, murmura-t-il.

– Dame Freissinge était jolie femme… reprit Galeran. Peut-être trop jolie femme, et trop faible surtout, pour être l'épouse d'un seul homme. Elle aimait l'amour, et sans pouvoir s'arrêter, donnait son corps à ceux qui en voulaient. Son époux, le seigneur d'Apchon, la surprit un jour dans les bras d'un de ses amants d'occasion. Il fit saisir l'homme par ses gardes et lui fendit la poitrine d'un coup de hache puis, lui arrachant le cœur, le jeta aux pieds de Freissinge. Il la voulait tuer mais il ne put s'y résoudre, car son cœur à lui appartenait à cette femme qui, pourtant, l'avait toujours trompé. Alors il décida de l'exiler en l'envoyant à Compostelle et, pour être sûr qu'elle n'en reviendrait vivante, confia sa garde à une jeune fille dont il connaissait la droiture, mais dont il n'avait pas mesuré le courage, c'était damoiselle Bruna.

Un long silence suivit, que rompit Ronan en murmurant :

– C'est au Puy, par les ruelles où je l'ai croisée, que j'ai compris qu'elle me pouvait servir. Bien qu'égarée, et peut-être à cause de ça, il émanait d'elle une si forte séduction qu'elle fascinait les hommes.

– Et toi, tu attendais les naïfs amoureux pour leur régler leur compte ; elle te servait donc d'appât ! s'exclama Galeran.

– Bruna s'est peut-être aperçue de mon manège, continua Ronan. En tout cas, elle n'a plus lâché sa maîtresse qui, maintenant, ne charmera plus que les lépreux.

Le troubadour se leva et s'approcha de son frère, lui posant la main sur l'épaule :

– Si tu savais que j'étais coupable, pourquoi ne pas m'avoir livré à la justice, petit frère ?

– D'abord cesse de m'appeler petit frère ! répliqua le chevalier en se dégageant avec colère. Et puis, si tu croyais que je t'avais percé à jour, pourquoi ne pas avoir laissé Manier finir sa besogne dans cette fameuse clairière de Roncevaux ?

– Bah, ce berger avait une figure qui ne me revenait pas ! s'écria Ronan. Et maintenant, tu m'as rattrapé. Pourquoi ?

– Il y avait mention, dans le billet du baron, d'un certain Ronan de Bretagne, maniant aussi bien le rebec que la lame, un troubadour que recherchent bien des prévôtés pour le conduire au gibet !

– Las, s'il n'y avait que les prévôtés ! soupira Ronan. Je suis parti en Orient, comme tant d'autres, pour y trouver fortune et honneur ou pour y mourir. Au lieu de ça, je me suis acoquiné avec de cruels ruffians qui m'ont voulu tuer quand je les ai quittés. En les fuyant, j'ai perdu mon seul et unique ami, égorgé à ma place sur une terrasse de Tripoli… Alors je suis revenu à Paris et j'ai perdu aux tables et aux eschets le peu que j'avais. Ensuite, j'ai fait tout ce qu'on peut faire dans les ruelles après le couvre-feu, avec les goliards et les filles publiques qui vous vident les bourses chacun à leur façon ! Voler et tuer, qu'est-ce que ça change dans un tel charnier ?

La voix du troubadour s'éteignit, il se tourna vers le large et resta un long moment silencieux.

– J'ai aussi, Galeran, bien qu'il soit trop tard, repentir de beaucoup de méfaits.

– Où vas-tu aller, Ronan ? répondit simplement le chevalier.

Le troubadour poussa une sorte de grognement :

– Tu me laisses donc partir ?

– Tu es entre les mains de Dieu, soupira le chevalier. Humbert m'a dit un jour qu'il croyait en la rédemption…

Galeran resta silencieux un moment.

– Mais au fait, ajouta-t-il d'un ton plus léger, qu'est devenu notre maître Jacquet ?

Le troubadour haussa les épaules :

– Tu me croiras si tu veux, Humbert, au bout d'un jour franc, était requinqué et parlait déjà de refaire la route !

– Et Bruna et le jeune maçon ? Ont-ils été jusqu'au bout ?

– Ça, pour aller au bout, ils y sont allés ! dit le troubadour en se redressant. Tu ne les vois pas là-bas sur la grève ?

Le chevalier alla risquer un œil au-dessus des arbrisseaux dont les branches enchevêtrées ressemblaient à la rambarde d'un balcon élevé au-dessus du vide.

Il vit l'immensité de la mer et sur la plage, deux petites silhouettes enlacées qui marchaient du même pas, au ras des vagues.

– Voilà, soupira Ronan, ma reine de Saba a abandonné son cœur à ce gamin de Garin…

– Ne me dis pas que tu es jaloux, Ronan !

– Morbleu non ! rétorqua le troubadour avec aigreur. Il y a bien longtemps que je sais que la jeunesse va à la jeunesse, et que Dieu et les femmes préfèrent les cadets… petit frère !

« Que ceci soit la fin du livre
mais non la fin de la recherche. »
Bernard de Clairvaux

Note de l'auteur

Plus de huit siècles ont passé et ils sont encore des milliers à mettre leurs pas dans ceux des Jacquets du XIIe siècle, à traverser les fleuves, à gravir les collines et les montagnes, à braver la neige et la pluie, pour arriver à Compostelle.

Notre-Dame du Puy, Saint-Michel d'Aiguilhe, la Dômerie d'Aubrac, Conques, Moissac, Lectoure, Abrin, Roncevaux et bien d'autres lieux…

… sont, encore aujourd'hui, autant de jalons sur le blanc chemin qui mène vers le « bout de la Terre ».

La cuisine d'Hermine
Recettes médiévales

« De même que chez nous, le vent fait tomber le bois sec... en Orient, il fait tomber des arbres du Paradis, les épices... »

Ces épices qui envahissent les banquets de la noblesse, les tables des abbés ou celles des bourgeois.

Au Moyen Âge, l'on aimait à marier aux viandes et aux pâtisseries : lait d'amandes, miel, clous de girofle, cannelle, muscade, gingembre, galanga, cardamome, safran, macis, zédoaire… ou graine de Paradis !

Au Moyen Âge… on trouve la cannelle dans le nid du Phénix, les poivriers sont défendus par des serpents qu'il faut brûler avant de saisir le poivre devenu… noir !

Au Moyen Âge, manger des épices, c'est rêver !

Sauce enragée

6 œufs, 2 petits piments, safran, huile d'olive, sel, poivre, vinaigre.

Faites durcir vos œufs. Broyez ensemble les six jaunes et mouillez-les avec 5 cuillerées d'huile d'olive, rajoutez vos piments écrasés, une pincée de sel, du poivre, du safran et 3 cuillerées à café de vinaigre. Passez la préparation comme une purée.

Cette sauce, servie en saucière, avec les viandes froides, enflammera le palais de vos convives.

Galimafrée de gigot à l'eau de vie

500 g de gigot coupés en gros dés
6 tranches fines de lard fumé
Huile d'olive, sel, poivre, thym, laurier, clous de girofle.
1/2 litre d'eau-de-vie
Jus d'un citron
Girolles (ou autres champignons, à défaut)
Marrons

Coupez votre gigot en gros dés que vous entourerez de lard et ficellerez. Faites revenir dans une marmite, avec un peu d'huile d'olive, du sel, du poivre et vos herbes.

Lorsque la préparation commence à chauffer, mouillez avec votre eau-de-vie, que vous enflammez. Remuez jusqu'à ce que cela s'éteigne. Ajoutez vos girolles et vos marrons, faites cuire doucement. Mettez dans un plat de terre.

Dégraissez éventuellement votre sauce avec un jus de citron et servez en saucière.

Lait d'amandes

Le lait d'amandes est une des bases de la cuisine médiévale. En voici une des recettes :

200 g d'amandes douces non pelées
1/2 litre de lait ou d'eau
2 tranches de pain de mie blanc

Faites tremper un jour et une nuit vos amandes avant de les éplucher et de les broyer au mortier. Faites cuire ensemble, dans l'eau ou le lait, pendant quelques minutes, la mie de pain émiettée et vos amandes broyées. Passez au chinois.

Le lait d'amandes peut se saler ou se sucrer suivant les besoins des recettes.

Crème aux fruits secs

La bonne Hermine fait cette crème pour six personnes. La consistance dépend de votre temps de cuisson et de votre goût personnel.

140 g d'un mélange d'amandes, de noix
et de noisettes en poudre.
1/2 litre de lait d'amandes
(voir recette ci-dessus)

Délayez vos fruits secs en poudre avec votre lait d'amandes. Mettez ce mélange sur le feu et remuez jusqu'à épaississement.

Versez votre crème dans une jatte ou dans de petits ramequins. Laissez refroidir complètement. Avant de servir, saupoudrez avec une préparation aux épices (voir ci-dessous).

Fin miel aux épices douces

Mélangez 3 cuillères de miel d'acacia, 1 cuillère à soupe de zeste de citron râpé, 1 cuillère à soupe de cannelle en poudre et 1 cuillère à soupe de gingembre frais râpé.

Notre amie dame Hermine en arrose généreusement la plupart de ses desserts.

Bon appétit !

Lexique médiéval

Affûtiaux : objets de parure sans valeur.

Aquilon : vient du latin « *aquilo* », vent du nord. Vent froid et violent.

Archais : étui contenant arc et cordes de rechange.

Aufin : nom ancien du fou des échecs.

Aumusse : sorte de capuchon garni de fourrure.

Berser : chasser avec arc et flèches.

Bliaud : tunique longue de laine ou de soie, aux manches courtes dans le Sud et longues dans le Nord, serrée à la taille par une ceinture. Habit de la noblesse ou de la grande bourgeoisie.

Braies : caleçon plutôt long et collant, retenu à la taille par une courroie.

Brocarder : attaquer avec des paroles.

Broigne : justaucorps de grosse toile ou de cuir, ancêtre de la cotte de maille, recouvert de pièces de métal.

Brouet : bouillon, potage.

Cahorsins : usuriers professionnels de Cahors, que le peuple regroupait sous ce nom.

Chainse : équivalent de la chemise, tunique en toile ou lin à manches fermées.

Chaperon : petite cape fermée avec capuche, portée comme un chapeau en été, torsadée sur le crâne.

Chausses : chaussettes en drap, tricot ou laine parfois munies de semelles de cuir et maintenues par des lanières s'attachant en dessous du genou. Les hauts-de-chausses étaient l'équivalent de nos bas.

Clostrière : fille commune, officiant en chambre secrète.

Cluny : abbaye fondée par saint Bernon. Règle bénédictine interprétée dans l'esprit de saint Benoît d'Aniane (IXe siècle).

Conil : ou conin, lapin.

Couire : sorte de carquois pour transporter les flèches.

Drageoir : sorte de bonbonnière.

Écir : tourbillons neigeux propres à l'Aubrac.

Eschets : ancien nom du jeu d'échecs.

Escoffle : pèlerine utilisée pour la chasse, en cuir ou en fourrure.

Faudesteuil : fauteuil, en général pliant.

Goupil : renard.

Harnois : désigne tout l'équipement d'un homme de guerre (broigne, épées, lance, bouclier…), mais aussi l'habillement du cheval, voire le mobilier transportable dans les camps.

Malcuidant : qui nourrit de mauvaises pensées.

Mantel : manteau semi-circulaire comme une cape, attaché à l'épaule par une agrafe nommée tasseau.

Mesnie : famille, lignée par le sang.

Nèfle : épais brouillard propre à l'Aubrac.

Orfrois : passementeries, franges et broderies d'or employées pour border les vêtements. On disait « orfraiser » une robe.

Oublies : petits beignets que l'on vendait dans les rues.

Palefroi : cheval de marche ou de parade.

Ports : vient de l'ancien provençal. C'est ainsi que l'on appelait les cols dans les Pyrénées. D'où le mot « passeport ».

Quolibet : du latin « *Quod libet* », questions posées aux étudiants pour vérifier leurs connaissances.

Rebec : instrument de musique à trois cordes et à archet.

Repues franches : les repas gratuits que l'on peut s'offrir en dérobant à chaque devanture, le pain, le fromage, le vin…

Restrait : lieu d'aisance comportant un conduit plus une fosse où l'on mettait des cendres de bois qui favorisaient la décomposition des matières organiques.

Roch : ancien nom de la tour aux échecs.

Vagant : errant.

Vielle : ou viole, instrument à cordes où une manivelle à roue remplace l'archet.

Les mesures

Lieue : ancienne mesure (environ 4 km).

Pied : ancienne mesure de longueur, valant 32,4 cm.

Pouce : ancienne mesure de longueur, valant 2,7 cm.

Les heures au monastère

Matines : ou vigiles, office dit vers 2 heures du matin au Moyen Âge.

Laudes : office dit avant l'aube.

Prime : office dit vers 7 heures du matin.

Tierce : office dit vers 9 heures du matin.

Sexte : sixième heure du jour, vers midi.

None : office dit vers 14 heures.

Vêpres : du latin « *vespera* », soir. Heure de l'office dit autrefois le soir, vers 17 heures.

Complies : office dit après les vêpres, vers 20 heures ; c'est le dernier office du soir.

Ils ont vécu au XIIe siècle

Abélard : (1079 - 1142). Philosophe, théologien et dialecticien français. Fonde l'abbaye du Paraclet dont Héloïse deviendra l'abbesse. Bernard de Clairvaux obtint sa condamnation au concile de Sens en 1140.

Aliénor d'Aquitaine : (1122 - 1204). Divorcée en 1152, elle se remarie la même année avec Henri Plantagenêt dont elle eut plusieurs enfants (Richard Cœur de Lyon et Jean sans Terre, notamment…). Elle finit ses jours à l'abbaye de Fontevrault, où elle est enterrée.

Louis VII : (1120 - 1180). Roi de France, sacré à Reims le 25 octobre 1131. Marié en 1137 à Aliénor d'Aquitaine. Participe à la seconde croisade avec Conrad III. Divorcé en 1152. Veuf de Constance de Castille, il se remarie avec Adèle de Champagne, mère de Philippe II Auguste. Mort le 18 septembre 1180.

Bernard de Clairvaux : (1091 - 1153). Moine à Cîteaux en 1112, premier abbé de Clairvaux en 1115. Il prêche la seconde croisade à Vézelay en 1146. Il soutient des polémiques contre l'ordre de Cluny.

Suger : (1081 - 1151). Moine et homme politique. Abbé de Saint-Denis en 1122. Condisciple et ami de Louis VI, il fut le conseiller de Louis VII et le régent du royaume de France pendant la seconde croisade.

Pierre III : Évêque du Puy Sainte-Marie, de 1145 à 1155.

Adalard, vicomte de Flandres : Descendant de Baudoin Ier, fondateur de la Dômerie d'Aubrac, mort le 5 mai 1135. Son successeur sera frère Guiral, auquel succédera frère Étienne.

Abbé Géraud : Abbé de Moissac, de 1140 à 1150.

Bibliographie

Le Guide du pèlerin de Saint-Jacques de Compostelle (traduction d'un texte latin du XIIe siècle), Jeanne Vielliard, Librairie J. Vrin, édition 1997.

Les Chemins de saint Jacques, Yves Bottineau, Arthaud.

Pèlerins du Moyen Âge, Raymond Oursel, Fayard.

Les Chemins de Compostelle en terre de France, Patrick Huchet, Yvon Boelle, Éditions Ouest-France.

Le Chemin de saint Jacques du Puy-en-Velay à Roncevaux, Louis Laborde-Balen, Rob Day, Fédération française de la randonnée pédestre.

Le Chemin de saint Jacques en Espagne de Roncevaux à Compostelle, Louis Laborde-Balen, Rob Day, Rando éditions.

Guide pratique du pèlerin (en Espagne), Millan Bravo Lozano, Editorial Everest.

Sentiers de saint Jacques ; Topo-guides des sentiers de grande randonnée, Fédération française de la randonnée pédestre.

Topo-guide, réf. 621 : Le Puy/Conques.

Topo-guide, réf. 617 : Conques/Cahors.

Topo-guide, réf. 613 : Cahors/Roncevaux.

Aubrac, son ancien hôpital, ses montagnes, sa flore, Abbé J. B. Deltour, 1932, Rodez imprimerie Carrère.

Le Grand Hôpital d'Aubrac, Raymond Oursel, Annales de l'école des hautes études de Gand.

L'Aubrac, Tomes I à VII, CNRS, 1975.

La Société féodale, Marc Bloch, Albin Michel.

Encyclopédie médiévale, Tomes I et II, Viollet-le-Duc, Inter-Livres.

Initiation à la symbolique romane, Marie-Madeleine Davy, Champs, Flammarion.

Histoire de la France urbaine, Tome II, La ville médiévale, Seuil.

Les Intellectuels au Moyen Âge, Jacques Le Goff, Points Histoire, Seuil.

Les Ordres religieux (guide historique), G. et M. Duchet-Suchaux, Flammarion.

La Femme au temps des cathédrales, Régine Pernoud, Le Livre de Poche.

La Spiritualité du Moyen Âge occidental, VIIIe - XIIIe siècle, André Vauchez, Points Histoire, Seuil.

La Vie au Moyen Âge, Robert Delort, Points Histoire, Seuil.

Aliénor d'Aquitaine et les troubadours, Gérard Lomenec'h, Éditions Sud-Ouest.

Poèmes d'amour des XIIe et XIIIe siècles, Bibliothèque médiévale, 10/18.

Sources d'histoire médiévale. Du IXe au milieu du XIVe siècle, Textes essentiels, Larousse.

IMPRIMÉ EN FRANCE PAR BRODARD ET TAUPIN
7248 - La Flèche (Sarthe), le 11-04-2001
Dépôt édit. : 11668-04/2001 - Édition 06
ISBN : 2-7024-9598-2 ISSN : 1281-458X

52/7099/6